COLLECTION FOLIO

Michel Mohrt
*de l'Académie française*

# Les dimanches de Venise

*Édition revue et augmentée*

Gallimard

Michel Mohrt est né à Morlaix, dans le Finistère. Il a fait des études de droit à Rennes puis, au début de la Seconde Guerre mondiale, a été chef de section d'éclaireurs-skieurs dans les Alpes. Entre 1940 et 1942, il était avocat, au barreau de Marseille. Il a enseigné ensuite la littérature française aux États-Unis et est devenu conférencier de l'Alliance française.

En 1952, il est entré aux Éditions Gallimard comme lecteur, chargé de la littérature anglo-saxonne. Il est journaliste au *Figaro* et écrit des articles à *La Nouvelle Revue française* et dans différentes revues.

Michel Mohrt est officier de la Légion d'honneur et Croix de guerre 1939-1945. Il a reçu le Grand Prix de littérature de l'Académie française. Il a été élu à l'Académie française au fauteuil de Marcel Brion en 1985.

*À Marie*

*J'ai fait ce que j'ai vu*

Manet

N'avoir connu l'Italie et Venise qu'à trente-huit ans, c'est une tare. Quel temps perdu pour le bonheur ! J'ai, pour expliquer cette malchance, plus d'une excuse.

Je suis né chez les Cimmériens « bons et vertueux » dont parle Renan — et non loin de la ville où il est né lui-même, à l'extrême pointe de ce petit cap du continent asiatique qu'est l'Europe, là où finit la terre. Dans ma jeunesse, il n'était pas facile d'en sortir. Si je contemplais l'horizon de la mer, je me disais qu'il serait plus simple de m'évader en me lançant sur les flots qu'en leur tournant le dos pour entreprendre un voyage long et périlleux vers l'est. Ce désir d'évasion, je ne l'ai pas connu dans une enfance heureuse, dans un pays qui ne m'offrait que de belles images : le Léon et le Trégorrois où les plages, les églises et les filles sont belles, mais plus tard, vers dix-huit ou dix-neuf ans, quand la littérature a versé en moi le poison de l'inconnu et du nouveau.

Dans le bureau de mon père se trouvait une grande photographie, dans un cadre doré, où l'on voyait, au bout d'une place immense, une église bien différente de celles que je connaissais. Sa forme trapue, plus large que haute, les dômes arrondis qui la surplombaient m'évoquaient les tentes des grands cirques installés, une fois l'an, sur l'une des places de la ville, où nous allions voir des lions et des chevaux (je voyais un lion et des chevaux prêts à s'élancer, hors de cette église...). Je savais que, jeune homme, c'est-à-dire dans les premières années du siècle, mon père avait fait le « grand tour » avec un ami. Il avait rapporté de Venise cette image de Saint-Marc aux teintes sépia des photographies de l'époque. Je la contemplais souvent, de même que je feuilletais le vieux *Baedeker* qui lui avait servi de guide. Je rêvais de connaître un jour, moi aussi, cette Italie lointaine.

J'ai lu très jeune « La mort de Venise » dans *Amori et Dolori sacrum*. J'étais incapable de goûter — ou simplement comprendre — certaines phrases dans lesquelles Barrès cherche à Venise « ... le roman vaporeux de la mort ». Les « nonnes impénitentes » de Mazzaro, ces « belles complaisantes, sans doute grasses comme des cailles », je ne pouvais pas même les imaginer : je ne connaissais que les Ursulines pieuses et maternelles qui m'avaient appris à lire, et les Filles de la Sagesse en charge de la cuisine, de l'infirmerie et de la lingerie au collège où j'étais pensionnaire. L'évocation de Musset, « charmant énergumène », et de son aventure avec George Sand, parlait, elle, à mon imagination, car je savais par cœur des vers de Musset :

*Honte à toi qui la première m'as appris la [trahison...*

Barrès et les écrivains qu'il évoque, Théophile Gautier, Taine, ont connu une Venise déserte et moribonde qui se souvenait encore (la chute de la République s'était produite soixante-dix ou quatre-vingts ans plus tôt, ce qui est peu) de la puissance de la Sérénissime. La Venise actuelle, où l'on ne peut faire un pas sans voir un chantier de réparation d'une église ou d'un palais ; envahie d'un bout à l'autre de l'année par des visiteurs venus du monde entier (seules trois ou quatre semaines, au milieu de l'hiver, sont débarrassées des touristes) ; où le commerce est prospère, les canaux sillonnés de vedettes, cette Venise qui a retrouvé une partie de sa vigueur est bien différente du salon désert, aux meubles couverts de housses, qu'était la place Saint-Marc au temps de Barrès et d'Henri de Régnier.

En allant habiter Rennes pendant quatre ans pour y faire des études de droit, je ne m'éloignais pas beaucoup du Finistère. Si je pus connaître Paris, le reste du monde me demeurait inaccessible. Comment quitter une province qui m'était chère, mais où je commençais à me sentir prisonnier ?

Le service militaire m'en donna l'occasion, en même temps qu'il me rapprochait de l'Italie. Je fus affecté au 3e régiment d'infanterie alpine, qui tenait garnison à Hyères. Je découvrais la Provence, la Côte d'Azur encore vierge, presque sauvage, les îles du Levant, une mer étale dans laquelle je pus me baigner tout un hiver, la montagne des Alpes-Maritimes et le ski à Cabannes-Vieilles, au-dessus de Nice, école où s'entraînaient les chasseurs alpins des bataillons de la Côte et les éclaireurs-skieurs de mon régiment. Irions-nous en Italie, au-delà de Vintimille ? Ce rêve, nous le caressâmes plusieurs fois, un camarade du régiment et moi, sans pouvoir le réaliser : l'Europe était alors pleine de bruits de guerre et les voyages devenus difficiles, surtout pour les militaires, souvent consignés dans leurs unités par suite d'alertes successives.

Après les manœuvres de l'été 1939 dans les Alpes et une course avec la section d'éclaireurs, de Beuil à Barcelonnette, par la ligne de crête, je bénéficiai d'une assez longue permission : j'aurais pu amorcer le « grand tour » d'Italie qui parlait avec encore plus de force à mon imagination, depuis que Stendhal était devenu mon auteur préféré. Une navigation dans la Manche avec des amis auprès de qui je m'étais engagé m'obligea à rallier Paimpol, notre port d'attache. Une tempête qui s'éleva au large de la Hague, alors que nous avions mis le cap sur l'Irlande, nous força à chercher refuge dans un bassin du Havre, déjà encombré de voiliers français et anglais. C'est là où nous parvint la nouvelle de la mobilisation générale. Il fallut mettre son sac à terre et rejoindre qui son unité, qui son centre de mobilisation.

La 29e division dont faisait partie mon régiment fit mouvement et prit position le long de la frontière des Alpes. C'est alors que l'espoir que j'avais de connaître l'Italie allait peut-être se réaliser, de façon imprévue. L'Italie fasciste n'avait pas encore pris son parti dans la guerre déclarée à l'Allemagne par l'Angleterre et la France. Mais le pacte de fer la liait à notre ennemi. Nous pensions que l'armée des Alpes n'attendrait pas la décision de Mussolini et que nous allions envahir le Piémont et la Lombardie. Je me voyais entrer dans Milan et, comme le jeune lieutenant de dragons, mon héros, assister dans une loge de la Scala à une représentation du *Matrimonio Segreto*. Rien de tout cela ne se produisit. L'armée des Alpes resta l'arme aux pieds. La 29$^{e}$ division fut dirigée peu après vers l'est, laissant, le long de la frontière, ses sections d'éclaireurs-skieurs. Je commandais l'une d'elles. C'est ainsi que je passais toute la « drôle de guerre » à la Colmiane, vallée au nord de la Vésubie. J'étais à la porte de l'Italie sans pouvoir y entrer. Devant moi s'étendait un désert des Tartares pitonnant à trois mille mètres, habité par des isards, aujourd'hui par des loups.

Un matin du mois de juin 1940, alors que nous parvenaient par la radio les nouvelles désastreuses du front de l'Est, la défaite sur la Somme, la prise de Paris, la ruée des panzers à travers la France, je vis s'approcher de mon poste du Baus de la Frema trois officiers d'Alpini venus de Molières en reconnaissance. Je leur offris le pastis. Ils semblaient déplorer, autant que moi, les défaites françaises. Pas plus que moi, ils ne souhaitaient une guerre entre l'Italie et la France. Le soir même, elle éclatait. Les bombardements d'artillerie commencèrent : accompagnés des coups de tonnerre des orages quotidiens, ils ne cessèrent pas pendant quatorze jours.

Cette guerre absurde a été heureusement oubliée par l'Histoire. Pas par ceux qui l'ont faite. « Commander n'est rien, dit Jean-François Deniau, sauf quand une fois dans sa vie on est seul à commander. » Cette solitude et cette expérience unique, je ne les ai pas oubliées. Ni le pastis bu avec trois adversaires que je n'ai jamais pu considérer comme des ennemis.

Je devais attendre encore douze ans avant d'aller les voir chez eux.

La guerre terminée, la paix signée avec l'Allemagne et l'Italie (j'appris que les arpents de neige qui s'étendaient devant le Baus de la Frema appartenaient désormais à la France, la frontière ayant été déplacée pour suivre la ligne de crête), je n'eus qu'une envie : quitter l'Europe et voir du pays. Mes pas me portaient irrésistiblement vers l'ouest. Cette ligne d'horizon de la mer, contemplée pendant mon enfance, je savais que je la franchirais un jour. Une invitation d'un éditeur canadien décida de mon sort. J'embarquai au Havre au mois de juin 1946 sur un bateau de la Cie Paquet, affrété par la Cie Générale Transatlantique, qui portait le joli nom de la *Désirade*. Dix-huit jours plus tard, après une traversée par la route du sud qui nous mena jusqu'aux Açores, je vis s'élever sur la mer, dans le jour naissant, ces tours fabuleuses que je n'avais vues qu'au cinéma. Un port, il faut l'aborder par mer. J'ai été plusieurs fois à New York en avion, quand les communications par la voie des airs furent établies : la vue de Manhattan et du *skyline* que l'on a du taxi qui vous a chargé au Kennedy Airport pour vous conduire à travers Brooklyn jusqu'au centre de la ville ne peut en rien se comparer à celle que l'on découvre, après plusieurs jours de mer, à l'entrée du port. Dans la brume dorée du printemps, New York, ville méridionale qui est à la latitude de Naples, dresse ses gratte-ciel qui semblent faits de marbre, de verre et d'acier, au confluent des bras de mer de l'Hudson et de l'East River, qui l'enserrent. Cette vision inoubliable, je ne prévoyais pas qu'une autre ville, elle aussi surgie des eaux, m'y ferait penser un jour.

Miracle de mes premières errances dans les avenues et les rues de Manhattan : je me trouvais soudain dans un quartier aux maisons de brique rose où des linges séchaient sur des cordes tendues aux fenêtres, où des boutiques regorgeaient de légumes et de fruits, qui m'évoquaient des aspects de Nice que j'avais aimés : Little Italy, rose et blond sous un ciel céruléen. Les réclames et les annonces des échoppes étaient écrites en italien. Je devais, au cours d'autres séjours, me promener dans les rues de Little Italy : pendant sept ans, c'est à New York que je découvris des images du pays qui se dérobait à moi.

Rentré définitivement en France en 1953, je me vis proposer par l'Alliance française une tournée de conférences en Italie. Je partis au mois de février et, pendant un mois, j'allais parler de littérature française dans toutes les grandes villes de la péninsule, du nord au sud : Turin, Milan, Florence, Pise, Lucques, Rome, Naples, Palerme, Catane. Je retraverserais la botte du sud au nord et la dernière ville, après Vérone, où je devais porter la bonne parole, était Venise.

Après les deux premières conférences à Turin et à Milan, je disposais de deux jours de liberté avant de gagner Florence. Venise était proche. Attendre encore un mois avant de la connaître me parut intolérable. Je modifiai mon itinéraire et pris le train pour Venise. J'arrivai à la fin du jour, descendis à l'hôtel, face à la Salute, où une chambre m'avait été réservée, mais pour plus tard : elle était heureusement libre. Une brume épaisse couvrait la ville. Le long du Grand Canal, je n'avais pas vu grand-chose. Je ne m'attendais pas, en débouchant sur la place Saint-Marc, à ne rien voir du tout. De l'extrémité de la place, je ne pouvais pas même distinguer les contours de la basilique, ni le campanile, ni les Procuraties. Je me voyais encalminé dans un brouillard à couper au couteau, comme il m'était arrivé plus d'une fois en mer, à l'entrée d'un port où je ne voyais ni les barques, ni le môle, ni les maisons. La nuit tombait. Dépité, je rentrai à mon hôtel à travers la purée de pois où erraient des fantômes.

Le lendemain, un coup de bora, le vent qui souffle de l'Adriatique, avait chassé le brouillard. Le soleil brillait. Place Saint-Marc, j'eus un émerveillement : le rideau s'était levé sur le plus beau décor du monde. Les couleurs de la basilique, comme lavées pendant la nuit, avaient une fraîcheur toute neuve. La place était vide. Rien ne troublait l'image de cette beauté minérale, pure de toute trace de vie. C'était bien l'image de la photographie contemplée dans mon enfance, mais rehaussée d'or sous l'azur du ciel. Je la contemplai longuement. Je ne pouvais, hélas ! rien voir d'autre de la ville car mon train pour Florence, où j'étais attendu, partait dans une heure. J'emportai les images de Saint-Marc, du Grand Canal et des palais qui le bordent, vus du vaporetto, me réjouissant à l'idée de les revoir à mon retour de Sicile.

Ce voyage en Italie, si souvent rêvé, devait

m'apporter bien d'autres surprises et d'autres aventures.

Trois semaines plus tard, je débarquai à Venise, dernière étape de mon périple, pour y passer quatre jours. Je n'ai pas oublié la réception que l'on m'y fit, ni avec quelle gentillesse et quel charme on me servit de guide. Je visitai des palais, déjeunai à la Casa Rossa, sur le Grand Canal, dans cette pièce célèbre aux murs couverts de glaces dans des cadres dorés, donnant sur le jardin qui la sépare du canal. D'Annunzio y a vécu avec la Duse. J'allai à Vicence visiter le théâtre palladien. J'ai retrouvé Gérard et Solange Gaussen à New York : ils avaient changé de consulat, mais leur extrême gentillesse était la même : un heureux hasard associait décidément Venise et New York dans les errances de ma vie. Quarante ans plus tard, Venise nous unit de nouveau.

Je devais quitter Venise et ne pouvais m'y résoudre. Comment ne pas partager tant de beauté avec une femme dont j'étais subitement tombé amoureux ? Les mauvais exemples de la littérature et l'envoûtement de Venise sont responsables des actes les plus fous. Je décidai de prolonger mon séjour incognito, téléphonai à Rome, suppliai que l'on vînt me rejoindre. On répondit à ma prière. Le jour de la Saint-Joseph était un jour férié. Les Vénitiens se promenaient dans les rues et sur le quai ensoleillé des Esclavons. Nous nous mêlâmes à eux. De la fenêtre de notre chambre, nous pouvions voir la Salute, la douane de mer, San Giorgio Maggiore et, au-delà du canal qui porte son nom, la Giudecca. Je n'étais plus seul pour contempler ce paysage. Je devinais que je ne resterais plus seul très longtemps dans ma vie. Quand, deux jours plus tard, il fallut quitter la ville, dans le train qui nous conduisait à Milan où nous devions nous séparer, la certitude que notre séparation serait brève s'imposa à moi. Nous avons vieilli aussi avec Venise.

De nombreuses années passèrent avant que je puisse retourner à Venise. Je voyageai en Italie. J'allai à Rome, où j'étais attendu ; à Florence, l'hiver où, par un froid glacial, je me réchauffais en buvant dans les cafés de la ville des punchs à la mandarine ; à Turin où je saluai, face au petit hôtel, devant la gare, où il s'est suicidé, la mémoire de Pavese. Après avoir fait en voilier, avec un ami, le tour de la Corse, nous gagnâmes la côte italienne de l'Argentario à Porto Santo Stefano et Porto Ercole ; nous visitâmes les tombes étrusques de Tarquinia, les îles de Giglio et de Gianutri, descendîmes jusqu'au port de Rome après une escale à Civitavecchia.

Une autre navigation me conduisit dans les ports du golfe de Gênes. Avec des amis de Genève, nous fîmes une longue traversée en auto, par petites étapes, de Milan à Naples, découvrîmes Todi, la ville idéale, à l'écart de la route de Rome, non loin du lac Trasimène. Une autre année, j'allai assister à un festival de cinéma à Pesaro et visitai Urbino où les murs des maisons de brique rouge se prolongent, sans transition, sur le pavage des rues. Je connaissais à présent presque toute l'Italie et plusieurs de ses écrivains. Je connaissais ses villes principales, leurs églises, leurs trésors d'architecture et de peinture. Plus d'une fois, j'avais regretté de n'avoir pas emporté un carnet à dessins et ma boîte d'aquarelle : je m'étais remis à peindre, comme je l'avais fait pendant toute ma jeunesse, en Bretagne et aux environs de Paris. Aucun de ces voyages ne me conduisit à Venise et je sais bien qu'un secret dépit m'habitait de n'y être pas retourné pour la connaître.

Il a fallu, pour que ce bonheur entrât dans ma vie, l'invitation de mon ami Maurice Rheims à séjourner dans l'appartement qu'il louait à l'année et qui se trouvait alors dans une petite rue qui débouche campo Zanipolo. L'invitation se renouvelle chaque année et nous passons à Venise les vacances de Noël et du jour de l'an.

L'envie de dessiner me saisit dès les premiers jours. Le jeu des verticales des maisons, des campaniles des églises au-dessus des toits, des conduits de cheminées accolés aux murs, des hautes fenêtres à ogives, ce jeu avec les horizontales des corniches, des quais, des rios sollicitaient le crayon et la plume. Les surprises de la perspective quand les plans successifs des palais qui s'éloignent, le long du Grand Canal et des canaux, aboutissent à un point sous l'arche d'un pont me remplissaient d'étonnement et de bonheur. Il fallait impérativement tracer ces lignes de fuite. La couleur, en plein hiver, s'estompait : c'était le dessin, ses caprices, ses folies, qui primaient.

Lors de ce premier séjour, je n'avais emporté qu'un carnet à dessins et dus me contenter de tracer quelques esquisses. La statue du Colleone sur son socle s'offrait à moi et je la dessinai sous des angles divers. Mon plaisir était mêlé au regret de ne pouvoir faire mieux et davantage. Et quand prit fin notre séjour, j'étais malheureux de n'avoir pu fixer telle image que j'emportais dans ma mémoire. Ce sentiment m'habite, chaque fois que je quitte Venise : il y a toujours une vue de la ville que je n'ai pas eu le temps de dessiner ou qui m'a inspiré une aquarelle dont je ne suis pas satisfait. À peine rentré à Paris, je voudrais repartir pour réparer une erreur dont le regret me poursuit, comprenant trop tard ce qu'il aurait fallu faire.

Je pourrais dire, comme Henry James dans une lettre à sa sœur, après une visite à Venise : « Maintenant que je ne l'ai plus sous les yeux, j'éprouve un sentiment de tristesse comme si je ne lui avais pas rendu justice. »

Pourquoi l'idée d'écrire sur Venise m'est-elle venue soudain, alors que la ville n'avait été pour moi, pendant plus de dix ans, qu'un champ inépuisable d'images, et que les mots me paraissaient incapables de rendre son charme et sa beauté ? Écrire sur Venise, quelle audace ! Pour me mettre en forme, je me mis à lire ou à relire des livres inspirés par elle : c'est bien la dernière des choses à faire, car se trouver en compagnie des écrivains illustres qui vous ont précédé ne peut que vous décourager. Je relus *Venises*, de Paul Morand, que j'avais aimé en son temps, et tombai sur la phrase suivante qui me fit comprendre en quoi mon expérience était différente de la sienne comme de celles de tous les écrivains, mes prédécesseurs : elle méritait donc d'être rapportée. Voici la phrase qui me fit persévérer dans mon projet : « Les canaux de Venise sont noirs comme l'encre ; c'est l'encre de Jean-Jacques, de Chateaubriand, de Barrès, de Proust ; y tremper sa plume est plus qu'un devoir de français, un devoir tout court. »

Or, ce n'est pas de l'encre que me donnent les canaux de Venise mais, plus d'une fois, quand je me penche sur eux au risque de glisser sur les marches d'un quai couvertes d'algues vertes, tout simplement de l'eau. Je la puise dans un pot de confiture pour rehausser au lavis un dessin à la plume ou peindre une aquarelle. Venise n'est pas pour moi un devoir de français mais l'atelier qui me manque à Paris. Grâce à Paul Morand, j'ai compris que si j'avais envie, à mon tour, de changer l'eau en encre, c'était pour prolonger la joie que j'avais à peindre Venise. Retrouver la hâte qui me fait installer mon pliant au coin d'un mur sans craindre le froid ni me soucier de l'heure, ne songeant qu'à rendre le paysage qui s'offre à mes yeux. N'est-ce pas la même main qui trace le trait ou la lettre (je ne sais pas taper à la machine et n'ai jamais cherché à l'apprendre) ? Le professeur Pouliquen, comme moi aquarelliste et breton, m'a dit que c'est du même mouvement de la main qu'il projette sur la cornée de l'œil malade le rayon laser et trace sur le papier le trait du crayon et la touche de couleur. Le geste du chirurgien et celui de l'écrivain sont les mêmes. Écrire, dessiner, pour moi, c'est tout un.

Les images tirées de mes cartons, qu'il m'arrive de contempler, me renvoient aux circonstances où je les ai prises. Je me rappelle à la suite de quelles recherches j'ai choisi tel point de vue plutôt que tel autre ; les difficultés que m'a proposées telle partie du paysage ; la peine que j'ai eue à trouver la couleur exacte d'un petit pan de mur rose, à tracer dans l'eau d'un canal le reflet de l'arche d'un pont ; l'inquiétude qui m'a saisi à voir le jour décliner et comment j'ai donné les dernières touches de couleur, alors que la nuit était tombée. C'est donc le plaisir que m'a donné Venise, mère de l'image, que je retrouve puisqu'il me faut vivre à Paris, privé de l'air marin et du marbre pur.

C'est pour moi que j'écris ces pages. La peinture est faite pour être regardée, non pour être commentée ou décrite : je me résoudrai, un jour, à l'exposer aux yeux du public. En attendant, j'écris sur Venise. Je suis conscient du risque que je prends. Mais quoi ! Si, feuilletant un album où sont reproduites ses œuvres, j'ai constaté que j'avais adopté, sans le savoir, devant l'église Santa Maria Formosa, le même point de vue que le sien, je sais bien que je ne suis pas Canaletto. Parce que Proust et Paul Morand ont écrit sur Venise, devrais-je me priver du plaisir de le faire, de tracer ce V largement ouvert sur la lagune, face au paysage qui m'a séduit ? Il se peut que mes pas recoupent ceux de l'auteur de *Venises*, mais il n'a jamais, que je sache, installé son chevalet au bord d'un quai ! Je n'ai pas approché de personnages illustres comme ceux dont il parle, ni assisté au bal historique donné par Bestegui au palais Labia. J'ai donc l'espoir de ne pas dire les mêmes choses que lui, ou de les dire différemment.

Cette rencontre avec Paul Morand le long des canaux de Venise, à laquelle je m'attendais, a été précédée d'autres rencontres, peu nombreuses, imprévues, qui, toutes, m'ont laissé des souvenirs que j'ai plaisir à évoquer.

La première, c'est au Sporting Club de Vichy, de l'autre côté de l'Allier, en 1942. Le club était fréquenté par les diplomates en poste à Vichy et les hauts fonctionnaires. Ne faisant partie ni des uns ni des autres, j'y allais parfois taper quelques balles de tennis. Au bord de la piscine, je vois un homme en caleçon de bain, les bras levés, les mains jointes, prêt à plonger — et c'est un monstre marin au torse puissant que je verrai sortir de l'eau, soufflant et amorçant le premier battement d'un crawl : je reconnais la face ronde aux yeux bridés, la mèche de cheveux noirs collés au crâne de l'écrivain, que j'admire de loin.

La deuxième rencontre, plus longue que la première, c'est au cours d'une réception, chez lui, dans cet appartement imprévu d'un rez-de-chaussée de l'avenue Floquet qui, avec sa hauteur de plafond et ses boiseries, avait l'aspect d'une sacristie d'église vénitienne. Tous ses amis s'y trouvent. La princesse, en robe blanche, allongée sur un divan du petit salon, près de la cheminée, reçoit ses invités à tour de rôle.

À Pressagny l'Orgueilleux, chez Gaston Gallimard, où je passe un week-end, Paul Morand arrive dans une voiture de course, à l'heure du thé. Sa femme l'accompagne. J'assiste, fasciné, à la rencontre de ces deux monstres sacrés, la princesse et Gaston qui, pendant une heure, se renvoyant la balle, évoquent le Paris littéraire qu'ils ont connu au début du siècle et dans les années vingt, citant des noms où reviennent ceux de Proust, d'Anna de Noailles, de Misia Sert, de Marie Bonaparte... Paul Morand, comme nous tous, écoute et se tait.

Un premier de l'an où je me trouvais à Cannes, j'allais présenter mes vœux à Florence Gould qui, parée de ses émeraudes, le regard vif derrière les hublots de ses lunettes d'écaille, recevait ses amis. Elle m'annonça que Paul Morand, absent, séjournait à l'hôtel Montfleury, situé sur les hauteurs de la ville, de l'autre côté de la voie ferrée.

Je lui téléphonai. Il m'invita à déjeuner, vint me chercher à mon hôtel en auto (non pas sa belle voiture de course mais une voiture de location). Le salon de l'hôtel où j'avais moi-même passé quelques jours avait la taille et la décoration de la salle à manger du *Queen Mary*, de la Cunard. Quand je vis la princesse, toujours vêtue de blanc, y entrer, aidée par son mari et marchant avec peine en s'appuyant des deux mains sur un appareil à roulettes qui lui entourait la taille, j'éprouvai une gêne. Quand nous fûmes assis à table et que je compris que la princesse était aveugle, mon embarras redoubla. Mais Hélène Morand mena la conversation avec tant de charme, me posant des questions sur mon travail, parlant de littérature, citant des écrivains, que j'aurais oublié sa cécité si je n'avais vu Paul Morand l'entourer de prévenances, coupant la viande dans son assiette, l'aidant à prendre son verre, avec une sollicitude que je ne m'étais pas attendu à trouver chez l'homme pressé !

Chez Maurice Rheims, quelques mois avant sa mort, Paul Morand s'approche de ma femme et de moi, nous salue, me dit deux mots, s'en va à l'autre bout du salon, disparaît.

Je suis incapable de me rappeler une conversation — au cours du déjeuner de Cannes, ce fut la princesse qui parla tout au long — ni seulement une phrase dite par Paul Morand. Je n'ai fait que l'entrevoir, toujours aimable, toujours bref, toujours pressé.

Cette fois-ci, si l'occasion s'en présente, j'ai bien l'intention de le faire parler.

Je ne me contentais pas de relire *Venises*, mais aussi, comme on verra, des essais d'esthétique sur la peinture : je sentais le besoin de m'appuyer sur l'autorité d'auteurs connus et de quelques textes pour me laisser aller librement à mes souvenirs, à ma fantaisie, raconter et décrire mes sensations les plus fugitives.

Un livre que j'avais découvert et fait traduire m'enchanta : il est, à mes yeux, l'un des meilleurs que l'on puisse lire sur Venise, son histoire, ses habitants et leurs mœurs : seul un îlien pouvait l'écrire, l'Anglais James Morris. Gallimard l'a publié sous le titre : *Visa pour Venise.*

C'est à New York, à l'Algonquin où nous séjournions l'un et l'autre, que j'ai fait la connaissance de James Morris, et c'est au cours du dîner et de la soirée que nous passâmes ensemble qu'il me parla de Venise où il avait habité avec sa famille, de la lagune sur laquelle il avait navigué avec son voilier.

L'aspect physique de James Morris, quand je l'avais rencontré au bar de l'hôtel, m'avait surpris. Je ne m'étais pas imaginé l'ancien dragon de la reine, marin et père de famille, membre de l'expédition de sir Hillary qui avait conquis l'Everest, sous les traits d'un éphèbe androgyne à la chevelure blonde. Il avait de Venise une connaissance intime et la baptisait la « capitale des chats ». Dans son livre, il leur consacre cinq ou six pages et rend hommage à l'un d'entre eux, nommé Nini, qui connut son heure de gloire.

Nini vivait en 1890 dans un café, en face de l'église des Frari. Parmi les hommes célèbres qui lui rendirent visite et dont les noms sont inscrits sur un livre des « Amis de Nini » que montrait le propriétaire du café, figuraient le pape Léon XIII, le tsar Alexandre III, le roi et la reine d'Italie, le prince Paul Metternich, le négus Menelik, et Verdi, qui écrivit, en présence du matou, quelques notes de *La Traviata*. Lorsque Nini mourut, poètes, musiciens et artistes adressèrent leurs condoléances. Horatio Brown, historien anglais de Venise, envoya un poème qui se termine ainsi :

*Tu connus, c'est certain, des moments enchanteurs*
*Car dans les ténébreux corridors des Frari*
*Les fantômes sereins des anciens sénateurs*
*Te livraient les secrets de l'éternelle nuit*[1]

J'ai toujours aimé les chats. Je n'en ai jamais vu autant, à Venise, que dans le quartier populaire de San Pietro di Castello, au-delà de l'Arsenal. Un jour, je m'étais installé sur le pont de bois qui franchit le canal, au bout de la fondamenta Sant' Anna, pour dessiner le campanile de la basilique la plus ancienne de Venise. Il semble surgir d'un océan de toits de tuiles rouges, ou prêt à s'y engloutir, comme sa forme penchée peut le faire craindre. À peine m'étais-je assis contre la rambarde du pont qu'un matou gris au poil bien fourni vint se frotter contre mes jambes, passant de l'une à l'autre en louvoyant, ronronnant d'aise. Ce manège dura un bon moment. Je me penchai pour lui gratter le crâne. J'avais commencé mon dessin quand le matou sauta sur mon bloc de papier, frottant sa tête, cette fois-ci, contre mon giron. Il me fallut faire comprendre de façon impérative à ce nouvel ami que je n'étais pas là pour jouer mais pour travailler.

Ce n'est pas la seule fois où des chats sont

1. Traduit par Georges Magnane.

venus se frotter à mes jambes. Mais j'en ai vu aussi qui, assis au milieu d'une place, assistaient sans même tourner la tête et sans bouger à mes allées et venues en quête d'un sujet : sans doute n'étais-je pas le premier gribouilleur qu'ils voyaient dans les parages, comme le montrait leur air blasé.

J'ai revu James Morris dans des circonstances imprévues. Un jour, dans mon bureau des éditions Gallimard, je reçus un coup de téléphone de l'écrivain. Il était en Allemagne, me dit qu'il faisait un tour d'Europe pour rencontrer ses éditeurs et me demanda un rendez-vous.

Deux jours plus tard, à l'heure dite, je vis entrer dans mon bureau une femme vêtue avec l'élégance discrète d'une Anglaise qui habite la campagne : *twin-set* de cachemire, jupe à mi-jambe, foulard, sac dans une main gantée. Avec un peu de mal, je reconnus sous ses traits le dragon de la reine rencontré à l'Algonquin. Elle vit ma surprise et me révéla que le livre dont elle venait me parler était celui où elle racontait pourquoi et comment elle avait changé de sexe. Elle était à présent, pour l'état civil, miss Jane Morris. Cette aventure peu commune est racontée par son héroïne dans *L'énigme*.

Je ne pus m'empêcher de demander à ma visiteuse qui habitait avec sa femme leur maison d'un village du pays de Galles, si elle n'avait rencontré aucune hostilité, ni essuyé aucune ironie blessante de la part des habitants du village (comme cela, je le craignais, se serait produit en France) : « *Everybody was very nice* », me dit-elle. Et comme j'insistais : « *Including the parson ? — Including the parson* », dit-elle.

Je ne peux lire sans surprise dans *Visa pour Venise* cette phrase écrite, il est vrai, quand l'auteur était père de famille (je la cite sans ironie aucune : j'ai revu miss Morris et respecte ses problèmes et son grand talent) : « La Venise actuelle est une cité régénérée, exempte de vices et d'aberrations, où l'on cligne encore de l'œil devant les bizarreries des étrangers, mais où les hommes sont vraiment des hommes et où les femmes en général se marient. »

Miss Morris m'a dit qu'à présent qu'elle était femme, elle espérait pouvoir écrire des romans. Remarque qui m'a plongé dans des abîmes de perplexité !

J'ai trouvé chez un libraire de Venise un nouveau livre de Jane Morris, abondamment illustré, sur les animaux de la ville, tous plus nombreux et imprévus que l'on ne croit et où figure naturellement, à côté des lions ailés et des chats innombrables, le rhinocéros peint par Longhi que contemplent des Vénitiens intrigués.

Venise a été pour moi la preuve aveuglante que c'est par les sens que nous faisons l'expérience du monde, non par l'idée. C'est ce que nous enseignait mon professeur de philosophie en chassant de la main, de sur le rabat noir bordé de blanc qu'il portait toujours sur sa soutane, les grains de tabac à priser dont il s'était bourré le nez avant d'entrer en classe. Il condamnait l'idéalisme, affirmait avec saint Thomas d'Aquin l'adéquation entre les mots et les choses. Venise apporte la certitude qu'il y a aussi adéquation entre les images et les choses. « *Adequatio rei et imaginis.* » Le monde existe et il est beau. Cette révélation est source d'une grande joie : l'artiste en est inondé, au point d'être absorbé par son travail, perdu dans la contemplation de la vue qui s'offre à lui. C'est une expérience que j'ai souvent faite : tandis que je dessine, j'oublie mon corps, les inconvénients qui peuvent l'assaillir à cause des conditions atmosphériques : le froid, l'humidité, ou des contraintes que je lui impose : l'immobilité, une position inconfortable, les jambes repliées sur lesquelles repose le bloc de papier, le dos rond. À la lettre, je ne me connais plus. Je dessine, donc je suis.

Sous la plume du père Marie Dominique Philippe, je lis les mots suivants : « Il faut de l'humilité et de l'amour pour comprendre. » Et encore : « Cette réalité que je regarde, je ne l'ai pas faite : je dois l'accepter et la comprendre. » Cette humilité, je la sens profondément en moi. Je me satisfais rarement de ce que j'ai fait. À peine achevées ces vues rapides que je saisis au bout du crayon et de la plume, des objections me viennent au sujet du matériau employé, de la technique que je ne suis pas certain d'avoir maîtrisée. Très tôt, pour tout artiste, les seuls problèmes qui se posent sont des problèmes techniques. Le format, le grain du papier choisi, sa blancheur ont leur importance. La couleur noire ou sépia, et la qualité de l'encre, la pointe de la plume, plus ou moins large et qu'il faut changer dans le cours du dessin. Selon la qualité des matériaux, la technique employée se modifie, le style lui-même change. À chaque voyage, il me faut retrouver des habitudes oubliées, réapprendre des techniques, cause de soucis, de déceptions, les mêmes problèmes se posant auxquels je n'arrive pas à donner, d'une année sur l'autre, les mêmes réponses. Venise m'impose des méthodes que je n'emploie que pour elle. Le démon du changement et du nouveau me pousse aussi à essayer différents moyens d'expression, comme je n'ai pu m'empêcher d'utiliser diverses formules romanesques. Sans doute serait-il plus sage de s'en tenir à une méthode, un format, un style éprouvés, mais le gaufrier vous guette, la répétition et l'ennui.

Cette réalité si belle, ai-je su la rendre ou m'en inspirer, comme elle le mérite ? Reste le plaisir qui renaît devant chaque papier vierge — chaque page que sa blancheur défend — au moment de tracer avec crainte et emportement le premier trait du crayon ou de la plume, la première touche de couleur. Cette joie inquiète et conquise est toujours nouvelle.

Venise est pour moi une lutte contre le temps, que je marche d'un bon pas à travers la ville, cherchant à retrouver une image entrevue à laquelle j'ai longuement rêvé, ou que s'impose à moi une vue nouvelle. Le choix fait, je travaille vite pour profiter de la lumière qui s'estompe. Je ne sais pas « prendre mon temps ». Mais les contraintes que m'imposent la brièveté de la lumière hivernale et celle de mon séjour me stimulent. Je vis dans une excitation permanente, craignant de perdre une matinée, les deux ou trois heures de jour de l'après-midi. Cette hâte commande mes journées, s'impose à mon travail, et il me semble parfois qu'elle a gouverné ma vie, que je n'ai pas su donner « du temps au temps », selon une expression devenue célèbre, ni dans mon art ni dans d'autres domaines qui auraient exigé des approches longues et savantes. L'impatience est mon défaut. La lenteur, dont mon ami Kundera a fait l'éloge, est un luxe que j'ai pu rarement satisfaire. C'est que j'ai la certitude d'avoir, dans mon jeune âge, perdu du temps : j'aurai mis ma vie à le rattraper. C'est dans la dernière partie de celle-ci que j'aurai connu Venise. Il me faut donc mettre les bouchées doubles et forcer le train, si je veux laisser une trace de mon passage dans cette ville, dans cette vie. Arrivé au bout, je suis saisi par le regret de n'avoir fait qu'une faible partie de ce que j'avais rêvé faire. L'art est long, la vie est courte.

Les images qu'offre Venise sont belles parce qu'elles invitent à l'interprétation et au rêve. Elles ont été faites par la main de l'homme. Elles nous renvoient aux siècles passés, elles ont une histoire, suggèrent des paysages où la pierre et l'eau se marient comme dans les tableaux de Claude Gellée, de Poussin. Les portiques des palais, les frontons, les colonnes de marbre taillés par l'homme se reflètent dans l'eau des canaux (« l'eau est une image de la mort », dit Bachelard) et forment le décor idéal où naît l'idée. Le plaisir que l'on éprouve à les contempler n'est pas stérile, ni égoïste. Le voyageur est invité à sortir de soi, à comprendre l'universel de l'art et de la religion. Les images de Venise ont une grandeur politique et métaphysique.

Venise est secrète. Chaque année elle me réserve des surprises. Les revivre me procure un peu de la joie qui me possède quand je me lance à la recherche d'une vue qui m'inspire, tournant en rond, revenant sur mes pas, repassant devant la même église, me trompant de direction alors que je me flatte d'avoir le sens de l'orientation.

Les difficultés que l'on éprouve à trouver son chemin à travers le lacis des ruelles, tous les piétons de Venise les connaissent. Shakespeare y fait allusion, au point que l'on peut se demander s'il ne lui est pas arrivé de se promener dans Venise, du côté du Ghetto. Un critique anglais n'a-t-il pas soutenu récemment qu'il était juif ? Il a mis dans la bouche d'un personnage du

*Marchand de Venise* la phrase suivante (le personnage en question indique comment se rendre à la maison de Shylock) : « Tournez à main droite, puis, au détour suivant, à main gauche, puis morbleu, au prochain détour, ne tournez ni à main droite, ni à main gauche, mais descendez immédiatement chez le juif. — Par les sentiers de Dieu ce sera un chemin difficile à trouver », répond le voyageur. À Venise, les « sentiers de Dieu » sont souvent impénétrables.

« Quand on a trouvé l'endroit où se mettre pour peindre un paysage, le paysage est fait », dit Corot. À Venise, cet endroit idéal, qui doit être non seulement celui d'où la vue est la meilleure, mais où vous pourrez travailler en paix sans être dérangé, n'est pas facile à trouver.

La présence de curieux qui viennent regarder par-dessus votre épaule ce que vous faites m'est odieuse. J'ai renoncé plus d'une fois à dessiner un paysage, ne voyant pas comment me soustraire à la curiosité de passants trop nombreux. Mais il m'est arrivé aussi d'être surpris, sinon déçu, par l'indifférence de promeneurs qui me frôlaient, me dépassaient sans jeter le moindre coup d'œil à l'œuvre que j'achevais : celle-ci commençait à me donner du plaisir et je l'aurais volontiers montrée à un amateur. Pris entre deux souhaits contradictoires : passer inaperçu et être admiré, je ne sais plus bien ce que je veux. Je me demande si ce dilemme ne m'a pas gêné toute ma vie.

L'intérêt qu'un jeune couple me montra un jour que je peignais une vue de San Giorgio Maggiore, depuis l'angle d'un pont sur les Zattere, m'a été une salutaire leçon. Assis non loin de moi sur les marches du pont, d'où ils ne pouvaient voir mon dessin, je me demandais pourquoi ils me regardaient travailler. Ils souriaient et je leur trouvais du charme. Aussi me décidai-je à leur adresser quelques mots : « Il va être temps d'aller déjeuner... » « La brume va bientôt se lever... » Ils ne bougeaient toujours pas. N'y tenant plus, je dis : « Qu'est-ce qui vous intéresse ? — C'est votre manteau, dit la jeune femme. Il est super. » Vieux de vingt ans et plus, effiloché au bout des manches et un peu crasseux, j'examinai ce manteau que je ne porte qu'à Venise. Très ample, réversible, il m'enveloppe les jambes, me protège le cou. La maison qui le fabriquait ne tient plus le modèle et je ne m'en séparerais pour rien au monde.

Je n'avais pas pensé que l'on puisse s'intéresser non à l'œuvre de l'artiste, mais à son manteau.

Je crois que je me contentai d'un sourire et

d'un hochement de tête à l'adresse des béotiens et pliai bagage.

Une autre fois, une passante, qui avait dû m'observer depuis quelque temps du haut d'un pont, vint à moi et me demanda en américain de lui vendre l'aquarelle que j'avais presque terminée. Pareille offre ne m'avait jamais été faite. La dernière œuvre me semble toujours la meilleure et j'aurais le plus grand mal à m'en défaire. Et quel prix demander ? Je répondis à l'acheteuse que je peignais pour mon plaisir. Elle insista, n'ayant pas l'air de comprendre mon refus et croyant peut-être que je gagnais ma croûte et cherchais à faire monter les enchères. Flatté, je n'en fus pas moins ferme dans mon refus. J'ai peut-être manqué là une occasion de faire fortune.

La crainte des passants peut aussi vous faire préférer à l'« endroit idéal » un emplacement d'où la vue est moins bonne mais où vous serez en paix. C'est ainsi que je me suis installé au fond d'un campo qui forme impasse, le long de l'église San Tomà, pour dessiner l'ancienne Scuola devenue une bibliothèque. Édifice fort simple mais de forme harmonieuse, il est décoré d'une vierge de marbre qui se détache sur la façade de brique sombre. C'est contre le portail de l'église qu'il faudrait se mettre : malheureusement, c'est un lieu de passage très emprunté par les gens qui vont ou viennent de San Polo ou se dirigent vers le vaporetto tout proche : il est impossible de s'installer au milieu d'eux et il faut se contenter de l'impasse.

J'hésite à faire état des difficultés rencontrées dans mes recherches du sujet et de l'« endroit idéal » d'où le saisir. Après tout, il n'y a que le résultat qui compte et les problèmes que pose à l'artiste son travail ne concernent que lui. Sans doute ne sont-ils pas les mêmes pour tout le monde. Plusieurs de mes confrères trouveront dans ces lignes un manque d'expérience ou une naïveté qu'il serait préférable de taire. Mais j'éprouve tant de plaisir à revivre mes pérégrinations dans la ville, mes réussites et mes erreurs que je ne peux m'empêcher de les noter.

Où me mettre pour dessiner le Grand Canal et les perspectives qu'il offre, en amont et en aval ? Il y a fort peu d'endroits où l'on puisse s'installer. Les meilleurs emplacements seraient sans doute les parvis de pierre ou les pontons de bois, les passerelles où accostent les gondoles devant les portails fermés des palais. Je les ai contemplés souvent avec envie, n'osant pas demander au propriétaire que je ne connais pas, ou qui est absent, la permission de m'y asseoir. Encore faut-il que le parvis, s'il est au ras de l'eau, ne soit pas recouvert par l'*acqua alta* ou inondé par le passage des bateaux à moteur, et moi avec lui. Les vues prises de l'entresol ou du balcon de l'étage noble d'un palais, elles aussi sont inaccessibles au peintre de passage qui n'a pas d'introduction auprès du propriétaire et n'oserait pas le déranger.

De belles perspectives sont celles que l'on a des stations du vaporetto, sur l'une ou l'autre rive du Grand Canal. Mais l'étroit ponton où accostent les vedettes et où montent et descendent sans arrêt les voyageurs est impraticable. Quelques stations — Ca'Rezzonico, San Angelo, riva di Biasio — donnent sur un quai étroit, un campo peu fréquenté où j'ai pu me mettre à l'écart. Ca'Rezzonico permet de voir San Samuele où, si j'en crois Félicien Marceau, Casanova a prononcé son premier sermon. De la riva di Biasio, on a une vue sur le palais Labia et le canal. Certains *traghetti*, près du Rialto ou au-delà, offrent le même avantage : encore faut-il ne pas déranger les gondoliers et leur trafic.

Les *sottoportegi*, passages voûtés entre deux maisons ou sous l'une d'elles, ouvrent parfois sur de belles images. Ils offrent aussi des refuges. S'il pleut ou bruine, temps néfaste pour l'aquarelliste, celui-ci se trouve à l'abri et à l'écart de la circulation. La plupart des *sottoportegi* portent des noms inscrits au-dessus de la voûte, comme celui des Arméniens qui donne Calle Finbera, non loin de la place Saint-Marc ou celui de l'*uove*, campo Santa Margherita. Sur la place, devant l'église Santa Barnaba s'ouvre un *sottoportego* nommé *« casin delle Nobili »*, rappelant que ce quartier était autrefois habité par des nobles désargentés, relégués dans cette partie du Dorsoduro par la République. Ces passages offrent aussi des raccourcis, et je me suis demandé si un Vénitien connaissant parfaitement sa ville ne pourrait la traverser de part en part en négligeant les voies ordinaires, comme un Lyonnais emprunte les traboules.

Si l'artiste s'enfonce dans les différents quartiers de la ville, au risque de se perdre, c'est alors que le choix de l'« endroit idéal » est presque impossible. S'il veut reproduire le portail d'une église, près d'un pont qui se reflète dans un canal, le peintre s'aperçoit vite qu'il manque du recul nécessaire pour bâtir son dessin. Il a beau aller et venir, s'éloigner autant que possible du sujet, celui-ci se modifie ou disparaît, caché par l'angle d'une maison. C'est au sommet du pont que la vue serait la meilleure, mais ce pont est étroit, emprunté par de nombreux passants parmi lesquels des enfants qui, immanquablement, viendront regarder son travail, le commenter, poser des questions : il faut chercher ailleurs. Combien de fois ai-je ainsi tourné en rond — devant la scuola di San Giorgio dei Greci, entre autres — à l'étonnement de promeneurs qui ne comprenaient rien à mon manège.

Il peut arriver que, sur le parcours d'une rue obscure, d'où rien ne se voit, un *sottoportego* s'ouvre soudain entre deux maisons : au bout d'une petite cour vous apercevez l'eau d'un canal. Vous entrez dans la cour et, sur l'autre rive, c'est une belle perspective qui s'offre, sous un grand espace de ciel. Avec un peu d'audace, vous vous installez au bord de l'eau et vous laissez séduire par la vue d'en face. C'est ce qui m'est arrivé calle Racchetta, rue toute droite qui longe le rio San Felice. Dans la cour que j'ai décrite, je voyais le portail de l'abbaye dont la blancheur de marbre, dans le soleil, tranchait sur la façade de brique rose de la Misericordia. Mais pour bien embrasser cette vue qui se reflétait dans l'eau du rio parcouru incessamment par des vedettes, je manquais du recul nécessaire. C'est alors que s'est imposée à moi la nécessité de tricher avec la perspective. Tous les peintres, à Venise, ont dû tricher plus ou moins dans leur travail. En quoi consiste cette « tricherie » ? En une modification légère de la masse d'un édifice ; en la combinaison de deux angles de vue, selon la position adoptée, assise ou debout. Il faut aussi, parfois, majorer l'espace d'un campo, devant une église, rehausser la courbure des marches qui descendent jusqu'à l'eau d'un rio... J'ai mis longtemps à comprendre la nécessité de ces tricheries dont se sont rendus coupables les peintres les plus fidèles : Canaletto, Guardi... Je ne me reconnaissais pas le droit de modifier la vue qui s'offrait. La fidélité absolue était pour moi une obligation morale et la réussite du dessin en dépendait. Je ne me rendais pas compte qu'une « tricherie » me permettait en réalité de mieux rendre l'image admirée. Mais pourquoi, dira-t-on, s'il est si difficile de trouver l'« endroit idéal » et la bonne perspective, ne pas se contenter de peindre là où on peut le faire sans contorsions, où l'espace, la distance sont suffisants, la vue bien dégagée ? Parce que c'est de là qu'ont été prises les images les plus connues, décourageantes à force d'avoir été rendues par tant de peintres, et parce qu'il y a plaisir à parcourir les « sentiers de Dieu » les moins fréquentés pour chercher des images nouvelles.

Cela ne m'a pas toujours réussi. Je me suis trompé plus d'une fois, par entêtement, par lassitude, pour avoir méconnu une difficulté qu'aucune tricherie ne peut résoudre. Je suis arrivé à cette conclusion qu'il n'y a pas, à Venise, d'« endroit idéal ». La ville est à celui qui veut la prendre, au besoin de force, prêt à courir tous les risques. C'est souvent le dessin achevé que je me suis avisé de ce qu'il aurait fallu faire pour le réussir. Ce sera pour une autre fois. Ou une autre année, si Dieu me prête vie.

(Mais n'est-ce pas ce qui m'est arrivé pour certains romans ?)

Les images que je peins sont traitées largement. Des blancs se voient dans le dessin et dans les marges et je crois qu'il faut les garder : je me recommande, en cela, de Signac, qui, dans une lettre à un ami, les revendique. Certains dessins donnent l'impression de l'inachevé : leur authenticité est à ce prix. Mais une phrase de Delacroix, lue dans son *Journal*, me hante, et elle vaut pour l'écrivain comme pour le peintre : « Finir exige un cœur d'acier. » Ne pas finir exige aussi du courage — un courage qu'il n'est pas toujours facile de distinguer de la lassitude. Les aquarelles que Delacroix a peintes au Maroc et que l'on a pu admirer à l'Institut du monde arabe, simples croquis tracés parfois sur des carnets de voyage, me séduisent davantage que certains tableaux de chevalet, peints à l'huile, qui s'en inspirent[1].

1. Je donnerais, aussi, certains tableaux de Cézanne pour ses aquarelles révélées à l'exposition du Grand Palais.

Mais pour savoir comment ne pas finir, il faut s'être appliqué longuement à finir d'« un cœur d'acier ».

Les propriétaires de la maison où habitait Maurice Rheims s'étaient réfugiés au dernier étage, comme le font plusieurs aristocrates ou bourgeois de la ville qui louent une partie de leurs palais. Le maître de maison dessinait à la plume des vues de Venise et c'est lui qui me conseilla d'éviter la couleur, génératrice du chromo. Le dessin à la plume permettait mieux, me dit-il, d'éviter l'académisme. Je dirai pourquoi je n'ai pas eu le courage de suivre ce conseil.

À chaque séjour de ses locataires, la maîtresse de maison les invitait à prendre le thé et organisait à leur intention un concert de musique de chambre, auquel participait l'une d'entre nous, qui jouait de la flûte. C'était un divertissement plein de charme. Notre hôtesse dirigeait l'orchestre, fort réduit, avec fougue. Elle donnait des conseils, faisait reprendre un mouvement, s'excitait de la voix et du geste, pour notre plus grande joie. Dans cette petite pièce d'un appartement sous les toits, ce concert improvisé en compagnie de ces Vénitiens accueillants, qui nous offraient des gâteaux et du Vivaldi, avait une qualité joyeuse qui m'a laissé un souvenir délicieux.

Au cours d'un autre de nos séjours dans un palais proche de l'Accademia où nous avions loué une chambre, les propriétaires qui, eux aussi, s'étaient installés au dernier étage de leur palais, l'un des plus beaux donnant sur le Grand Canal, nous invitèrent à déjeuner en compagnie d'un autre couple, locataires comme nous.

C'est à ces aimables Vénitiens que je songe, et aussi aux descendants — il doit bien s'en trouver quelques-uns — des nobles désargentés qui s'étaient logés dans le quartier de Santa Barnaba, les Barnabotti — c'est à eux que je songe quand je vois, dans une boutique de vêtements pour femmes, sur le campo San Stefano, des mannequins couverts d'oripeaux, ou presque nus, honteusement coiffés de la couronne ducale, d'une forme si curieuse de bonnet phrygien, où pointe une corne d'or. La présence indécente de ces mannequins, dont certains sont des femmes à barbe, derrière la vitre du magasin, me paraît tourner en dérision la grandeur évanouie des doges et de la République. Sans doute y a-t-il encore aujourd'hui (j'ai déjà évoqué cette relativité du temps historique, à propos de Barrès et des écrivains du XIX^e siècle) des Vénitiens de vieille souche qui, par tradition orale et familiale, peuvent avoir des souvenirs du temps où Venise était souveraine. Qu'est-ce que cinq générations dans une histoire plus que millénaire ? Par ma grand-mère paternelle, née sous la II^e République et morte pendant la Seconde Guerre mondiale, j'ai des souvenirs, que lui racontait son père, de la Bretagne au lendemain de la Révolution. Les Vénitiens auxquels je songe éprouvent-ils le sentiment pénible de dérision que me procurent les dogaresses de la fripe ? « Les Vénitiens, affirme James Morris, ne se sont pas encore remis de la perte de leur grandeur, peut-être ne s'y sont-ils pas vraiment résignés. Quelque part, au fond de leur tête, Venise demeure la Sérénissime... » La dérision, il est vrai, est aussi une expression du chagrin et du regret.

« Je serai pour Venise un Attila », dit Bonaparte à la veille d'entrer dans la ville, de précipiter la chute de la République et de voler les chevaux de Saint-Marc. Me rappelant le mot de celui qui allait devenir l'« ogre » de l'Europe, je m'étonne et je m'émerveille de lire, dans un journal trouvé sur la table d'un café, la nouvelle suivante : à Mestre, à la porte de Venise, une auberge célèbre, La Tabina, brûlée il y a vingt ans, a pu être remise en état par une société qui a obtenu la licence nécessaire à la restauration de l'édifice. Célèbre pourquoi ? Parce que Napoléon Bonaparte, au cours d'une de ses cavalcades *(scorribande)*, s'est arrêté dans cette *tapina*, petite étape où les cavaliers pouvaient se restaurer et changer de chevaux : d'où le nom de l'auberge, par changement d'une lettre : La Tabina.

Un soir de premier mai, comme j'achevais une vue du rio San Nicolò, assis le dos au mur de l'église San Raffaele (j'aime ce quartier pauvre de Venise, avec ses maisons dont les murs s'effritent, les linges qui sèchent aux fenêtres, ses campi déserts, ses rares bistrots...), je vis venir un groupe de jeunes Vénitiens quelque peu éméchés, qui chantaient une ritournelle où je distinguais nettement, revenant plusieurs fois dans le refrain, le nom de « Napoleone ». Je serais curieux de connaître les mots de cette chanson vénitienne et la date de son apparition. Quelque chose me dit qu'elle résonne certains soirs de liesse dans les rues de la ville, comme la chanson dans Paris assiégé par les Prussiens, en 1871 :

*As-tu vu Bismarck*
*À la porte de Chatillon*
*Qui fumait sa pipe*
*Au bout d'un canon*

Les peuples vaincus, subjugués par leur vainqueur, cherchent à tourner celui-ci en ridicule, alors qu'ils rendent un hommage inconscient à sa puissance. Cela s'est revu sous l'occupation qui a suivi la défaite de 1940.

Cette chanson vénitienne, entendue un soir où la nuit tombait, tout comme la restauration de La Tabina, montrent que le souvenir terrible d'Attila n'a pas été perdu.

Si j'excepte un ou deux séjours à l'automne et au printemps, comme celui que je viens d'évoquer, c'est toujours l'hiver que j'ai habité Venise. J'y ai connu tous les temps, la brume et le vent, l'*acqua alta*, la pluie, le soleil. Une année, le soleil brilla presque tous les jours et l'on pouvait déjeuner dehors, sur les Zattere. Devant la douane de mer et San Giorgio Maggiore, la mer, brassée par la bora, était couleur bleu de Prusse. C'est alors que se posa pour moi le problème de la couleur. Faut-il dessiner, faut-il peindre ? Le dessin, c'est l'ordre, la rigueur, la raison. C'est, selon le mot d'Ingres, la « probité de l'art ». La couleur, c'est la séduction, l'« improvisation fulgurante », dont parle Roger Caillois, qui renvoie à des apparences flatteuses.

Marc Fumaroli disserte sur ce problème avec autorité. Il voit dans le dessin une « poétique de la peinture, liée à l'Idée platonicienne et à la transcendance, victorieuse du sensible ». La couleur, par contre, est « liée au retournement de l'esprit sur le sensible ». Et, dans ce débat, se cache un enjeu politique.

L'on se doute que si, devant le paysage que j'ai décrit, je me suis décidé à employer la couleur, c'est parce qu'elle s'est imposée à moi. Résister à l'envie de reproduire le vert et le bleu de la lagune, le rose des maisons le long de la riva dei Schiavoni dans le soleil, sous le ciel de pourpre et d'or, aurait exigé une discipline dont je n'étais pas capable. Si j'avais connu plus tôt cette phrase du baron Corvo que l'on rencontre à tous les carrefours de Venise, peut-être me serais-je abstenu d'employer les « pigments » de la couleur. « Les gens qui savent voir Venise sont rares, dit le baron ; ceux qui sont capables de l'exprimer au moyen de pigments peuvent se compter sur les doigts d'une seule main. » Conscient de ne pas faire partie des cinq élus, et au mépris du conseil de notre hôte vénitien, je n'en ai pas moins cédé à la tentation d'ouvrir ma boîte d'aquarelle. Et non seulement devant un paysage éclairé par le soleil d'hiver, mais par temps gris où les couleurs atténuées des maisons, les reflets verts dans l'eau noire sont baignés par une lumière qui me rappelle celle de ma Bretagne. Devant l'incendie qui embrase le ciel, au soleil couchant, me trouvant sur la Giudecca, saisi par la sorte de fièvre qui me prend à toute heure et n'importe où dans la ville, je n'ai pu m'empêcher de m'installer le long d'un mur, près du Redentore, et de peindre le ciel orange, vert, rouge et or, au-dessus du palais Fortuny. J'ai couru le risque, le sachant, de faire concurrence à la carte postale.

Ce risque, le dessin à la plume permet, par sa rigueur, d'y échapper. Cherchant à rendre des vues si connues, fort bien reproduites par la photographie, le peintre du dimanche n'est-il pas « marginalisé avec son chevalet portatif » (et son pliant) ? La perfection même de ces photographies montre, selon moi, la limite de leur pouvoir d'évocation. La preuve en est que l'on recherche et reproduit dans des albums des photographies prises au début du siècle, comme celle que j'admirais dans mon enfance. Elles n'ont pas, à beaucoup près, la perfection de celles d'aujourd'hui mais, en noir ou en sépia, elles se rapprochent de dessins dont elles ont le charme allusif.

La couleur encourage la partialité qui permet à l'artiste de trouver un style, plus facilement reconnaissable. Mais cette partialité, si elle correspond, chez les grands artistes, à une vision unique de la réalité, peut aussi être suspecte. Elle est une « grimace qui donne le change ». « Le propre de l'art moderne, dit Jean Grenier à propos de la littérature, est de rendre aisée cette grimace, de pousser à l'outrance. » J'en suis venu à penser que la phrase de Stendhal qui a gouverné mon esthétique d'écrivain est valable pour le dessin et la peinture : « Être vrai et simplement vrai, il n'y a que cela qui tienne. » Comme en écho à cette phrase, j'aime cette précision de Léonard de Vinci : « Le vrai vaut mieux, si maigre soit-il. » À Venise, c'est son excès qui vous guette.

La peinture à l'huile, que je n'ai pas pratiquée à Venise, oublie le dessin. Elle le retrouve mais après l'avoir recouvert de la pâte de la peinture. Le célèbre tableau de Monet qui montre un palais, ou plutôt la base d'un palais se reflétant dans l'eau du canal, en est un exemple. C'est la matière picturale, les verts, les bleus qui forment le dessin. Ce qui a séduit le peintre, c'est le jeu des couleurs et leur reflet dans l'eau. Comme ce qui l'a séduit dans ses tableaux de la cathédrale de Rouen, c'est le jeu de la lumière sur les pierres.

Cette peinture, je l'avoue, si je l'admire, ne me séduit pas. J'y vois un exercice de style. Je n'y vois pas Venise.

« Je suis fou de dessin », disait Ingres. Cette folie qui, à Venise, est la mienne, je comprends comment elle a pu conduire des artistes (à ma connaissance, elle n'a pas saisi cet ancien directeur de la villa Médicis) à donner libre cours à leur fantaisie et à leurs caprices. Car je pense que c'est aussi l'une des sources des Capricci : à force de dessiner des perspectives de palais et de canaux, des églises, des campaniles, de dresser des colonnes, de tricher quelque peu pour mieux embrasser la vue, la main s'affole et se met à tracer des lignes imaginaires. Loin de voir dans les Caprices de Venise, ceux de Canaletto, de Tiepolo, « la tristesse physiologique et l'épuisement de Venise », comme le voyait Barrès, c'est au contraire une joie exubérante, l'exaltation d'une Venise rêvée, encore plus belle, que révèlent ces Caprices.

Si le dessin néglige un détail du paysage — et comment pourrait-il les reproduire tous ? Même Canaletto oublie ou néglige des détails —, pourquoi n'en inventerait-il pas de nouveaux ? Puisque l'artiste déplace une borne ou un pont, triche sur la perspective, pourquoi n'ajouterait-il pas d'autres éléments au décor à partir de ceux qui s'offrent à lui, ou dont il se souvient ? « Chez Guardi, jusque chez le minutieux Canaletto lui-même, il n'est pas toujours facile de distinguer la vue, le caprice, le paysage imaginaire. » (Starobinski.) Canaletto élargit ou rétrécit des canaux, majore l'espace des campi (celui de la Salute), déplace des îles... Quand une mode s'en mêle comme, au XVIIIe siècle, le goût des ruines, ou une idéologie comme celle du progrès que véhiculaient à la même époque les loges maçonniques, « changer la vie » ne suffit pas, il faut aussi changer le décor. Détruire, pour reconstruire. Une volonté de renouveau s'exprime dans des dessins imaginaires, un projet politique. La plume s'enhardit pour donner à voir une Venise « qu'on pourrait fabriquer ».

Le caprice du peintre suggère et accompagne celui de l'homme d'État. Que fait Bonaparte quand, sur la place Saint-Marc, « le plus beau salon d'Europe », il abat une église, impose la construction d'une aile qui prolonge les Procuratie et ferme la place, si ce n'est un caprice ? Nous aurons vu, au cours de son règne, un monarque républicain construire à tour de bras opéras et bibliothèques. C'est peut-être à

Venise, qu'il aime et visite souvent, dit la chronique, et s'inspirant des caprices de ses peintres, qu'il a pris le goût de satisfaire les siens ?

Mais Venise n'est-elle pas tout entière un vaste Capriccio ?

L'artiste qui cherche à être vrai et simplement vrai ne peut pas ne pas être séduit par les éléments de la modernité qui se mêlent, à Venise, aux vues les plus anciennes et les plus nobles. Modernité relative, car elle doit dater du début du siècle : réverbères portant trois lanternes aux verres teintés de mauve ; lampadaires fixés aux murs des maisons et dont la tige de fer se profile sur un mur de marbre, un balcon ouvragé ; abris de bois de curieuse forme octogonale des *traghetti* ; kiosques à journaux, vedettes à moteur et embarcations de toutes sortes sillonnant les canaux... Mêlés aux aspects d'une ville restée la même depuis des siècles, ces éléments ont quelque chose de touchant, les montrer ne peut que mettre en valeur la beauté historique du décor, souligner un contraste qui n'est pas sans humour.

La modernisation de Venise sera-t-elle poussée plus loin ? Et où l'arrêter sans détruire la beauté de la ville ? Un projet vieux de cinq ou six ans et approuvé par la municipalité verra-t-il le jour ? Il s'agit de la construction d'un métro sous-marin qui, partant de Mestre et plongeant sous la lagune, desservirait Murano, Burano, les îles, irait jusqu'au Lido, passerait sous le centre historique de Venise. Le circuit s'accomplirait en cinquante minutes. Merveille de technologie moderne, ce métro s'inspirerait de celui de Lille.

Ainsi se pose l'éternel débat vénitien : faut-il moderniser la Sérénissime ou la préserver ? Le conflit entre le monde ancien et le nouveau, entre la nostalgie du passé et le progrès matériel se pose aux Vénitiens. Nombre d'entre eux sont obligés, pour leur travail, de quitter chaque jour la ville, de se rendre à Padoue où se trouve une université, ou à Trévise : ils ne se résolvent pas à voir leur ville n'être plus qu'une belle relique et un musée. Déjà, au début du siècle, le problème se posait. Dans la *Revue de Paris* du 1er août 1890, Robert de Souza, dans « Venise en danger », disait sa crainte de voir ouvrir des rues qui mèneraient au cœur de la ville, et sans doute même un boulevard avec tramway électrique qui traverserait la double boucle du Grand Canal, en ligne droite jusqu'à la place Saint-Marc. Certains spéculateurs n'auraient-ils pas l'idée d'« un chemin de fer qui, par des travaux devenus aujourd'hui peu difficiles, relierait la ville au Lido, avec gare plus ou moins visible à la place Saint-Marc » ? Ces profanations n'ont pas vu le jour. Mais un métro sous la lagune ne détériorerait pas le paysage. Tout au plus verrait-on s'ouvrir sur la place charmante de Burano, au milieu des maisons rouges, bleues, vertes, jaunes ; sur le parvis de la Salute ; devant le palais des Doges, des bouches de métro. Des noms célèbres pourraient être donnés aux stations prévues. L'histoire de Venise est assez riche pour que l'on y trouve des noms de doges, d'amiraux, de condottieri dont les consonances héroïques n'auraient rien à envier aux noms prestigieux de Mouton-Duvernet, Cambronne, Duroc... Je suggère aux édiles de rappeler aussi, en les donnant aux stations de métro — hélas ! treize seulement sont prévues —, les noms d'étrangers célèbres qui ont exalté les beautés de la ville, nagé dans le Grand Canal, navigué sur la lagune, aimé les jeunes gondoliers. L'on monterait et l'on descendrait à « Byron », « Henri de Régnier », « Baron Corvo »... Les jeunes artistes qui décorent les couloirs souterrains de notre métro parisien pourraient s'exprimer enfin par leurs graffitis et leurs tags, sous la lagune. Ils n'ont d'ailleurs pas attendu les couloirs du métro pour exprimer leur talent ou leurs idées et j'ai lu, sur les murs de Venise, parmi de nombreux graffitis, les mots *Dante fascisto*. Un Italien m'assure qu'il ne s'agit pas du poète, mais d'un habitant du quartier dont le prénom est voué à l'opprobre.

Si le métro voit le jour, les amoureux de Venise n'auront plus qu'à fuir jusqu'à la Giudecca, qui semble épargnée par le projet.

En cas de panne de métro, les gondoles jouiront d'un regain de faveur — qu'elles n'ont d'ailleurs pas perdu, surtout auprès des touristes du Nippon.

L'artiste, quant à lui, doit se méfier des gondoles. Leur nom figure sans aucun doute au Dictionnaire des Idées reçues, au mot « Venise ». Pour ma part, si j'aime les voir glisser sur l'eau du Grand Canal, j'hésite à les reproduire. Je préfère les gondoles couchées sur le flanc, dans l'atelier de réparation, près de San Trovaso. Une impasse étroite au point que l'on ne peut y passer deux de front s'ouvre sur le quai, face à l'atelier. À quelques mètres de là, une vue bien meilleure pourrait être prise d'un jardin à l'abandon que l'on entrevoit à travers une grille, toujours fermée. J'ai rêvé de me faire ouvrir cette grille et de dessiner la perspective du rio Ognissanti qui lui fait face. Deux ponts le franchissent ; il longe le jardin du consulat de France et, dans le lointain, se dresse le campanile de San Raffaele.

Du sommet du pont qui franchit le rio San Trovaso, sur les Zattere, la vue sur l'atelier de réparation des gondoles, avec ses maisons de bois en forme de chalets suisses aux fenêtres fleuries, les quelques arbres du campo devant l'église, le clocher de celle-ci, a tenté plus d'un artiste.

Couchées sur le flanc, verdies de mousse, les gondoles sont moins dangereuses. Ou bien encore groupées en grand nombre devant l'un des *traghetti* qui se trouvent le long du Grand Canal : il y en a un près du Gritti, un à San Tomà, un autre près du Rialto... Les gondoles font alors penser à un troupeau d'animaux aquatiques, sortes d'otaries noires et luisantes, flanc contre flanc, secouées par le passage d'une embarcation et ouvrant les mufles d'acier aux six dents de leurs *ferri* pour saisir le poisson que leur donne le dompteur-gondolier.

Bâchée d'une lourde toile bleue et au repos, solitaire, abandonnée au milieu de vieux rafiots, j'en ai vu une au fond du rio della Terese, près de San Nicolò dei Mendicoli : elle m'émouvait comme un objet de prix dans le bric-à-brac d'un marché aux puces. Dans le canal qui borde le campo où s'élève la Madonna del Orto, une gondole décorée d'angelots de cuivre doré, de couronnes, attendait le cercueil d'un défunt pour le conduire à sa dernière demeure. C'est la même qui emporta au cimetière de San Michele la dépouille d'Ezra Pound.

Par grand froid ou temps brumeux, après être resté une heure et demie, parfois un peu moins, parfois un peu plus, assis sur mon pliant au coin d'une rue, souvent gelé, la goutte au nez, les doigts gourds, j'éprouve le besoin de réchauffer ma carcasse, à l'extérieur et à l'intérieur. J'entre alors dans le bar le plus proche, repéré avant de me mettre au travail, et bois au comptoir un punch à l'orange. J'aime voir la serveuse verser la liqueur, dont la couleur m'évoque celle du ciel au couchant du soleil, dans le verre qu'elle place sous le jet d'eau brûlante du percolateur. Elle presse ensuite, au-dessus de la boisson, un zeste de citron. Deux gorgées de punch à l'orange remplissent l'âme et le corps d'une chaleur bienfaisante. Je ne limite pas de punch à l'orange mon goût des boissons vénitiennes. Le prosecco, avant le repas, est un tonique plein de douceur et de fraternité. Avec le poisson grillé, le valpolicella chante dans les bouteilles. J'aime un verre de grappa avec les premières bouffées d'un cigare. Et il m'arrive, vers cinq heures, à la nuit tombée, après être de nouveau resté dehors sans bouger pendant une heure ou deux, d'entrer dans le premier bistrot venu et de boire une autre grappa. Venise est un bateau et, comme en mer et dans tous les ports du monde où souffle le vent du large, on y tient bien l'alcool.

Ces lampées qui jalonnent la journée d'hiver me rappellent l'astuce qu'avait trouvée l'un de mes confrères, Jacques Lemarchand, pour s'adonner en toute quiétude à son vice. J'ai fait avec Jacques Lemarchand, critique théâtral du *Figaro* pendant de nombreuses années, deux voyages en Italie. L'un d'eux nous conduisit dans le Piémont, dans une ville dont j'ai oublié le nom, pour y voir une pièce d'Alfieri jouée par Vittorio Gassman. À peine installés à notre hôtel, nous nous retrouvâmes au bar, avec deux ou trois autres journalistes, qui faisaient partie du voyage. Lemarchand tint alors, le plus sérieusement du monde, les propos suivants, que j'avais déjà entendus dans sa bouche, à Florence : « Il faudrait goûter aux spécialités du cru. Savez-vous quel est le vin du pays ? Je crois que le barbera, vin rouge mousseux, est un vin de la région : nous pourrions en commander une bouteille ? Peut-être y a-t-il un alcool particulier au pays ? La grappa, bien sûr. Mais il y a plusieurs sortes de grappa : il serait intéressant de les comparer. » Je ne crois pas nuire à la mémoire de Jacques Lemarchand en disant qu'il avait un penchant sérieux pour les boissons alcooliques. Ce penchant ne le conduisit jamais à des éclats comparables à ceux dont était coutumier Antoine Blondin : il le rendait seulement un peu plus taciturne. Il avait trouvé une raison impérative de boire et de faire boire avec lui ses amis : celle de s'initier aux produits d'un pays, afin de le mieux connaître. Boire était une façon de s'intéresser au folklore. Admirable justification d'un vice, envers les autres et envers soi-même, en le faisant participer à une enquête ethnologique.

Est-ce Jacques Lemarchand qui m'a révélé le punch à l'orange, que je ne bois qu'à Venise ? C'est aussi seulement à Venise que je bois de la grappa. Et c'est seulement à New York, où le vent de mer souffle comme à Venise, chassant les vapeurs d'alcool, que je bois un *old fashioned* qui se fait avec du bourbon, une goutte d'angustura et une tranche d'orange.

C'est ainsi qu'à mon tour je me suis trouvé prisonnier de l'ardente obligation, pour bien connaître un pays, ses coutumes, les mœurs de ses habitants, d'en goûter tous les produits.

Venise est une ville grouillante de gens qui se promènent ou vont à leurs affaires et l'un des charmes de la ville est de participer à cette vie traversée du bruit des conversations, des cris des marchands, du chant d'un gondolier qui vient du canal proche.

Nulle part, cette vie n'est aussi intense et colorée que dans les marchés aux légumes et aux poissons qui se tiennent dans les quartiers de la ville. L'un des plus pittoresques est celui de San Barnaba. Une grande barque aux flancs larges, peinte en noir avec un liston bleu, est accotée au quai du canal, à l'angle du pont qui le franchit. Au sommet de ce pont on peut voir, gravées dans la pierre, des empreintes de pas se faisant face : ces traces symbolisent les luttes parfois sanglantes que se livraient les partisans de deux paroisses rivales, dans les temps anciens de la République. Chargée de cageots de légumes et de fruits, la barque s'abrite sous une tente de toile verte que soutiennent des mâts fichés dans le canal. Les vendeurs tendent aux acheteurs qui les surplombent du quai étroit où ils se pressent des sacs remplis d'artichauts, d'épinards, de carottes, d'oignons, de salades, de brocolis, de poivrons, après les avoir pesés sur une balance dont le cadran est large comme une assiette. La scène, pleine de vie et de couleur, m'a plus d'une fois sollicité.

À deux pas, le pont franchi, campo Santa Margherita, se tiennent trois ou quatre marchés, dont l'un aux poissons, eux aussi abrités sous des tentes dont le vert acide tranche sur le rouge et l'ocre des maisons qui bordent la place. Jean d'Ormesson peut les contempler du haut de l'*altana* de sa maison.

La via Garibaldi, dans le quartier pittoresque et populaire de San Pietro, n'est d'un bout à l'autre de la rue, large comme une avenue, qu'un immense marché. La via s'arrête au bord du rio Sant' Anna, dont la sépare une balustrade. Celle-ci domine le rio dans lequel, sous une tente, une grande barque remplie de cageots de légumes rappelle celle de San Barnaba.

La *lista* di Spagna, à l'autre bout de la ville, dans le quartier proche de la gare, est aussi, d'un bout à l'autre, un marché bruyant qui se déploie le mercredi jusqu'au campo San Geremia.

Les marchés du Rialto, car il y en a plusieurs, attirent une foule si dense qu'il faut parfois jouer des coudes pour s'y faufiler. L'un d'eux se tient devant l'église San Giacometto, l'une des plus anciennes de Venise : le manque d'espace rend difficile au peintre amateur de la dessiner, avec son clocheton et son immense horloge, dominant les tentes et les étals des marchands. La tricherie s'impose.

Sous les halles, toutes proches, se trouve un marché aux poissons où Hemingway aimait se rendre. On voit le héros d'*Au-delà du fleuve et sous les arbres* s'arrêter devant les éventaires des poissonniers, gruger sur place des palourdes et dénombrer des poissons auxquels il donne des noms espagnols, *albacose, bonitos*, qui sont des espèces de thons. Cette escapade au marché est la seule que s'offre le colonel Cantwell. Il ne bouge guère du Gritti où il boit des martinis-dry et du valpolicella à longueur de journée, en compagnie de la jeune contessa Renata. En dépit des belles pages du début qui racontent la chasse aux canards, des dialogues avec Renata, le roman contient des passages d'un humour forcé où l'écrivain semble se pasticher lui-même. On lui pardonne pour cette phrase que l'on s'est souvent dite à soi-même : « Bon Dieu, ce que j'aimerais passer ma vie à me balader dans cette ville. »

Calle San Vio, c'est un seul marchand, philosophe et rêveur qui, sous un bout de toile, vend des poissons débarqués du rio qui relie le Grand Canal à celui de la Giudecca. Sans doute le même pêcheur a-t-il approvisionné le poissonnier qui se tient au bord du quai de la Giudecca, à deux pas d'une station du vaporetto et dont le taud, sous lequel il s'abrite, risque de s'envoler.

Je ne mentionne que ces marchés et en oublie bien d'autres, salués ou « croqués » au passage. J'allais oublier le marché aux fleurs qui se tient campo Santa Maria Formosa, l'un des plus beaux de la ville.

Les marchés retentissent de l'éclat des voix des hommes et des femmes faisant leurs achats, et des cris des marchands. Tous les Vénitiens parlent fort, dans les rues comme dans les cafés, et je me demande si ce n'est pas là une particularité des habitants des ports de mer où la voix lutte contre le vent qui l'emporte. J'ai assisté, au coin d'un campo où s'élève un petit temple dédié à un saint que je n'ai pas identifié, à la rencontre de deux matrones chargées de sacs à provisions. Sans doute l'une venait-elle du marché de Santa Maria Formosa, l'autre s'apprêtait à y aller. Elles s'abordèrent comme deux vaisseaux de haut bord et, comme si elles s'étaient trouvées en pleine mer, proclamèrent, avec une voix qui portait au loin, la joie qu'elles avaient de se voir. Elles se lancèrent alors dans un duo plein de flamme, ponctué d'éclats de rire, de cris d'étonnement ou de protestation, et les murs des immeubles se renvoyaient leurs voix. La conversation, où les matrones se donnaient la réplique comme dans un *opera buffa*, dura au moins dix minutes. On aurait pu croire, par instants, à une dispute, au récit alterné d'un drame, d'une catastrophe survenue dans la ville : ces Vénitiennes fortes en gueule se donnaient tout simplement, je présume, des nouvelles de leurs familles et déploraient la dureté des temps.

L'on rencontre, à Venise, de très belles femmes et les plus belles sont les Vénitiennes. Je ne suis pas le premier à avoir fait cette remarque. Le baron Corvo, plus porté sur la beauté des gondoliers que sur celle des femmes, signale pourtant le charme de celles-ci : « La plupart des jeunes Vénitiennes (...) possèdent une démarche de déesses, la splendeur radieuse et la douce tranquillité opulente et charmante du soleil et de la mer sur la lagune. » Cette description aurait convenu à une passagère, pourtant immobile, que je remarquai dans un vaporetto que j'avais pris à San Tomà jusqu'à Saint-Marc. Je ne pouvais la quitter des yeux. Si je pense qu'elle était vénitienne, c'est parce qu'elle portait sur une abondante chevelure blonde (j'ai été frappé par le nombre de jeunes femmes dont la chevelure ondulée ou bouclée, blonde le plus souvent ou châtain clair, retombe en arrière des oreilles, dégageant le visage, sur les épaules et jusqu'au milieu du dos) un tricorne noir, comme les élégantes dans les tableaux de Longhi. Il ne lui manquait qu'une grande collerette et — fort heureusement, car je n'aurais pu admirer son visage — la *bauto* qui ne dégage que les yeux et la bouche. Qu'elle était belle ! Je cherchais à faire un pas pour tenter de la voir de plus près, mais la masse des voyageurs chargés de bagages était telle, au centre du vaporetto, que tout déplacement était impossible.

... Et soudain je me rappelai avoir éprouvé pareille émotion sur la vedette qui, un soir d'été, me ramenait de Staten Island à Manhattan, devant une femme qui, elle aussi, appuyée à la rambarde du navire, les yeux au loin, me présentait son profil. Il était d'une ligne parfaite, le nez un peu retroussé, les cheveux noirs dégageant le front et les oreilles, les lèvres fortes, ourlées, seul rappel, avec le teint légèrement cuivré du visage et des bras nus, du sang noir qui devait couler dans les veines de la belle quarteronne. La traversée de la baie de New York était plus longue que la brève promenade en zigzag le long du Grand Canal. Aussi eus-je tout le temps de contempler la voyageuse, que j'identifiais à un modèle de magazine de mode. Sa silhouette se détachait sur le paysage maritime, les gratte-ciel de la ville basse, l'île du Gouverneur, les hauteurs de Brooklyn. Comme frappé d'inhibition, je demeurai perdu dans une admiration muette.

La New-Yorkaise descendit devant moi, une amie l'attendait au débarcadère de la Battery ;

elles s'éloignèrent en direction de Trinity Church.

La Vénitienne coiffée du tricorne descendit à Saint-Marc avec les amis qui l'accompagnaient. Je la vis s'éloigner dans la rue marchande, au coin du Harry's Bar où je n'avais plus qu'à entrer pour me remettre de mon émotion (mais sans recourir au punch à l'orange : le bellini s'imposait).

La belle inconnue n'était pas la première femme que j'aie vue à Venise coiffée d'un tricorne. Je rêverais d'une mode qui donne à ces femmes si belles l'air de sortir d'un tableau du Tintoret ou de Longhi, ou prêtes à paraître dans une pièce de Goldoni. Venise est un théâtre fait pour elles.

Le dimanche matin, on croise aussi dans les rues de Venise, revenant de la messe, deux par deux et se tenant par le bras, des Vénitiennes d'un autre âge : elles sont vêtues du manteau de vison allant du brun foncé au mordoré, uniforme de la bourgeoisie. Elles sont parfois accompagnées de leurs maris, *commandatori* en loden vert, coiffés de chapeaux tyroliens. Elles ne portent pas de tricornes.

Deux par deux, elles aussi, le plus souvent chargées de sacs et de valises, marchant sans détourner la tête et parlant à voix basse pour critiquer les derniers mandements de la mère supérieure, à moins qu'elles ne murmurent un Ave Maria, des religieuses vêtues de noir, sur la tête un voile noir assez court, frangé sur le front d'un ruban blanc, comme en portaient, dans mon enfance, les « veuves de guerre » : elles se dirigent vers leur couvent.

En vain ai-je levé les yeux vers les *altane* dressées sur les toits de Venise, dans l'espoir de voir des courtisanes faisant dorer au soleil leurs chevelures. J'ai eu moins de chance que le héros d'un conte de Voltaire, *La Princesse de Babylone*, le bel Amazan, poursuivi par les « douze mille filles enregistrées dans le grand livre de la République, filles utiles à l'État, chargées du commerce le plus avantageux et le plus agréable qui ait jamais enrichi une nation ».

Il est amusant de voir comment Voltaire se figurait Venise, où je ne crois pas qu'il ait jamais mis les pieds. Il décrit la ville et ses habitants en sacrifiant à un genre fort répandu à l'époque, surtout dans les ouvrages en forme de lettres (dont le plus célèbre est *Les Lettres persanes*) : l'auteur, sous le couvert d'une énigme, laisse au lecteur le plaisir de reconnaître le pays ou la ville. Voici comment Amazan arrive « dans une ville qui ne ressemblait à rien du tout de ce qu'il avait vu jusqu'alors. La mer formait les rues, les maisons étaient bâties dans l'eau. Le peu de places publiques qui ornaient cette ville étaient couvertes d'hommes et de femmes qui avaient un double visage, celui que la nature leur avait donné, et une face de carton mal peint qu'ils appliquaient par-dessus : en sorte que la nation semblait composée de spectres. Les étrangers qui venaient dans cette contrée commençaient par acheter un visage, comme on se pourvoit ailleurs de bonnets et de souliers. Amazan dédaigna cette mode contre nature et se présenta tel qu'il était ».

C'est alors que les « douze mille filles » qui font commerce de leurs charmes et que Voltaire appelle les « belles négociantes » s'offrent à Amazan, qui prend la fuite [1].

C'est peut-être la disparition de cette « face de carton mal peint » qui a fait fuir les « belles négociantes » ? Mais puisque le tricorne réapparaît sur la tête des Vénitiennes, peut-être reverra-t-on la *bauto* ?

Puis-je avouer mon peu de goût pour les musées ? En cela je peux me recommander de

1. George May donne d'intéressants exemples de ces « énigmes » dans un essai : *La perruque de don Juan*, Klincksieck, 1995.

Turner qui, à Venise, ne mit pas les pieds à l'Accademia. Je crois avoir parcouru la plupart des grands musées du monde occidental. Visites souvent distraites, comme si l'abondance des chefs-d'œuvre décourageait l'attention. Une hâte vous saisit en passant d'une salle à l'autre, une lassitude vous vient et l'on presse le pas pour en finir au plus vite.

C'est souvent le visage et la démarche d'une visiteuse inconnue qui provoque l'intérêt, au détriment des chefs-d'œuvre. J'ai remarqué qu'une vive émotion naît au cours de ces coudoiements devant les tableaux exposés, de ces poursuites de salle en salle, des regards distraits ou curieux qui se posent un instant sur vous. Que vaut le portrait d'une femme, fût-elle peinte par le Titien ou par Renoir, à côté d'un être vivant qui marche devant vous, près de vous, avec la grâce d'un beau vaisseau qui prend le large... « Ô toi que j'eusse aimé, ô toi qui le savais ! » Une belle passante s'éloigne, à peine l'avez-vous croisée dans la rue. Mais une belle visiteuse, dans un musée, s'attarde à vos côtés, vous frôle, se retourne, disparaît. Si vous l'avez perdue un instant, vous la retrouvez plus loin, seule dans une salle vide. Puisque vous êtes là pour admirer, pourquoi ne pas partager avec elle votre admiration ? Le temps vous manque. Et le courage de tenter ce que Stendhal considère comme un devoir.

Une exposition consacrée à un seul peintre, dans l'une des salles célèbres d'une grande ville, la Royal Academy, le Grand ou le Petit Palais, ou le musée Correr, si elle fait événement et séduit davantage, n'est pas sans danger pour le peintre. L'abondance d'œuvres d'un même artiste, fût-il des plus grands, risque de révéler des procédés, de souligner des faiblesses. Plus le style est affirmé, la facture des œuvres identique, plus la lassitude vous guette.

J'ai éprouvé des sentiments mêlés en visitant l'admirable exposition de Poussin, au Grand Palais, en 1994. Sans doute aurait-il fallu contempler chaque tableau après en avoir lu la description dans le catalogue pour comprendre la scène représentée, tirée de la mythologie ou de la Bible. Il y a une musique à programme ; c'est là, dans une certaine mesure, une peinture à programme. Pour la goûter, il n'est pas inutile d'en bien connaître le sujet. L'on s'attend aussi, d'un tableau à l'autre, à retrouver le manteau d'un rouge éclatant que porte l'un des personnages ou la toge d'un bleu qui n'est qu'à Poussin. La tragédie classique imposait à l'écrivain des contraintes : un décor unique, la salle du palais où tout le monde se croise, une exposition, des confidents, les cinq actes... La peinture de Poussin évoque irrésistiblement la tragédie classique ; les personnages dessinés d'après les modèles fabriqués par le peintre, en cire ou en plâtre, qu'il plaçait dans une boîte formant une scène, et qui devaient servir pour plusieurs tableaux, jouent devant nous un drame. Chez lui, comme chez Racine, l'alexandrin triomphe.

Ces remarques, on peut les faire au sujet des Madones de Bellini. Très belles, elles se ressemblent toutes. La Vierge est toujours vêtue d'un manteau bleu qui lui couvre la tête, laissant dépasser sur le front un voile blanc. Les pans du manteau entrouvert laissent voir une robe, toujours rouge. Le Bambino est nu et Marie, qu'elle le contemple de haut ou porte au loin le regard, ne sourit jamais. Elle paraît absente et rêveuse.

Une exposition des œuvres de Pietro Longhi au musée Correr (le rapprochement avec le Poussin et Bellini ne peut, évidemment, suggérer aucune comparaison) m'a procuré des sentiments identiques. Longhi, l'un des derniers peintres de la République, a eu la chance de mourir quelques années avant sa chute. Il a commencé, lui aussi, par la grande peinture, décorant les plafonds et les murs des palais. Et puis, il s'est mis à peindre des scènes de la vie vénitienne qui font songer à Hogarth et à certains tableaux de Watteau (dont il a subi l'influence).

Tableaux de chevalet d'assez petits formats dont certains évoquent les *Conversation pieces* à la mode en Angleterre à la même époque. La scène, jouée devant nous par les personnages : un concert de musique de chambre ; la tasse de chocolat du matin ; la visite d'un modiste venu proposer des tissus, sert de prétexte à des portraits de famille.

Ces tableaux sont tous composés de façon à peu près identique. Une femme en robe à panier reçoit, au centre, toute la lumière. Il y a souvent un page en livrée ou, au premier plan, des enfants qui jouent et un petit chien. Les fonds d'un même ton gris-vert ou rouge sombre ne changent pas. S'y détache le coin d'un tableau, portrait ou paysage, dans un cadre doré, ou bien une glace dans un cadre baroque, toujours la même. C'est ici que l'art du peintre confine à l'artisanat, dans la mesure où presque aucun changement ne se voit dans la disposition des personnages et la répétition des accessoires. On devine la commande. Ces remarques n'empêchent pas de goûter le charme de l'un ou l'autre de ces tableaux qui évoquent la vie à Venise dans les dernières années de la République.

Contemporain de Longhi, Giandomenico

Tiepolo, fils du grand Tiepolo, assista, lui, à la chute de la Sérénissime. Après l'invasion française, il quitta la ville, se retira dans la maison de son père, près de Mestre. Pour orner les murs de la villa, il peignit des fresques qui ont été transportées à Venise et se trouvent au Ca'Rezzonico, musée dont les salles sont décorées et meublées comme celles d'un palais, d'où son charme.

Au dernier étage de ce palais, sous les combles, se trouve l'une de ses fresques qui s'intitule *Le Monde nouveau.* On y voit une rangée de personnages au coude à coude qui, tous, sont vus de dos. Seuls, sur la droite, deux hommes montrent leurs profils : l'un est le peintre qui, à travers des besicles, regarde ce qui intéresse la file des spectateurs. Le second serait le père de l'artiste. Aucun autre des personnages ne montre son visage, si ce n'est un enfant. Coincé entre un homme en habit rouge et le corps massif d'une femme en jaune, l'enfant, au visage malicieux, semble se désintéresser de ce qui sollicite l'attention de tous.

Que regarde cette file de curieux ? Un homme, monté sur un tabouret et muni d'une perche, semble diriger le spectacle devant un édifice dont on ne voit que le toit et une rotonde surmontée d'un lanternon. Que peut-il bien montrer ? S'agit-il, comme disent des commentateurs, d'une lanterne magique ? La foule des spectateurs serait alors l'une des premières queues vues à la porte d'un cinéma. Audessus des têtes s'étend la lagune, jusqu'à l'horizon couvert de brume.

Quel que soit le spectacle qui s'offre, rien ne montre mieux la curiosité sceptique (le visage du peintre au lorgnon) ou angoissée avec laquelle les contemporains de Giandomenico Tiepolo voyaient naître le « monde nouveau » qui s'annonçait après la Révolution française et l'invasion de Bonaparte et de ses troupes. Ces gens de toutes conditions (leurs vêtements les différencient socialement) pourront-ils s'adapter à ce qu'ils s'efforcent de voir ou de deviner ? Pulcinello lui-même, à l'extrême gauche de la fresque, sait qu'il n'y aura plus de rôle pour lui sur une scène nouvelle. Seul l'enfant à la ceinture bleue, tourné vers nous, n'a rien à craindre d'un monde où il trouvera sa place. L'indifférence dont il fait preuve en est le signe. L'avenir est à lui.

Exposée dans une salle basse de plafond et couvrant tout le mur, la fresque touche presque le plancher. Le visiteur a l'impression de faire partie de la foule des personnages et il est prêt à jouer des coudes pour tenter, lui aussi, d'apercevoir, au tournant du siècle qui s'annonce, un monde nouveau.

Si j'aime tant Venise, c'est peut-être parce que j'ai passé toute mon enfance et ma jeunesse dans des villes bâties au bord de la mer. Morlaix, où je suis né, est au fond d'un fjord. Il suffit de faire quelques kilomètres à pied, le long de la rivière, pour voir celle-ci s'élargir en estuaire et se trouver devant la pleine mer. Presque au centre de la ville se trouve un bassin toujours à flot, grâce à une écluse. Dans mon enfance, il était vide, aujourd'hui rempli de voiliers qui hivernent, la plaisance ayant pris un essor nouveau. Au-delà de l'écluse, à marée basse, le lit de la rivière s'écoule entre des talus de vase grise et verdâtre, comme dans certains canaux de Venise, derrière la Fenice. Ils sont recouverts à marée haute.

Brest, où j'ai vécu pendant toutes mes études secondaires, est au fond de l'une des plus belles rades du monde. Je l'ai souvent traversée pour me rendre à Plougastel ou à Crozon. Pour aller au quartier de Recouvrance, au-delà du port de guerre, je prenais le Grand Pont ou bien, descendant par un escalier le long des remparts, atteignais le bord de l'eau et empruntais le pont Guédon, pont flottant de bois et de cordes tressées, pour gagner la rive opposée. Du cours d'Ajot, appuyé au mur des fortifications qui surplombe le port de commerce, près du château, je contemplais le trafic des navires et des cargos allant et venant sur la baie — comme, à Venise, sur le canal de la Giudecca. À Venise, s'il me faut emprunter le *vaporetto* ou traverser le Grand Canal, debout dans une gondole de l'un des *traghetti*, les yeux fermés je pourrais me croire sur le pont Guédon.

L'air marin que j'ai respiré toute ma jeunesse et qui, à Paris, me fait défaut, à Venise me stimule. Même la pluie fine et la brume qui parfois recouvre la ville me sont familières. La fraîcheur qui vient de la mer, à la nuit tombée, je la sens me pénétrer si je me promène au bord de la lagune. À Brest, pas plus qu'à Venise, il ne fait très froid l'hiver et la neige, s'il y en a, ne dure pas.

Les vues du port de Brest dessinées par Ozanne, ingénieur de la Marine, en 1776, montrent une ville où les maisons, le long des quais, sont baignées par la mer. Le port est encombré de vaisseaux de toutes tailles. L'un de ces dessins représente un quai où des ouvriers assemblent des pièces de bois, calfatent des barques, tandis que des femmes élégantes en robes à panier se promènent en galante compagnie, comme on voit les Vénitiennes dans des tableaux de Canaletto. Cette vue surprenante de Brest, où la pierre et l'eau s'entre-pénètrent, fait de la ville une Venise du septentrion.

Il y avait autrefois, dans les rues de Venise, des gardes qui renforçaient les vigiles ordinaires, du coucher au lever du soleil. Ils portaient de gros gourdins, une casquette rayée de rouge. Ils patrouillaient par la ville, la nuit, en laissant toutes les trois heures un billet dans la boîte aux lettres de leurs clients et réveillaient sans faute ceux qui voulaient se lever de bonne heure. Ces *signori della notte*, avec ou sans gourdin, existaient aussi à Brest, dans mon enfance. Je crois encore entendre celui qui, rue Amiral-Linois, passait le long des maisons, s'assurant que les portes étaient bien fermées et prononçait d'une voix forte, avec une légère pause entre les mots : « Il est — Minuit — Sonné ! »

À Venise, comme dans les villes bretonnes, le vent du large porte au loin le son des cloches annonçant l'Angélus du soir. La Vierge, étoile de la mer, est reine, et de nombreuses églises, à

Venise comme en Bretagne, lui sont consacrées. Venise, c'est la ville d'Is de la légende, engloutie au large de la pointe du Raz (certains la situent dans la baie de Lannion, où s'élève ma maison) et qui a resurgi dans la lagune. Elle aussi, un jour, sera peut-être submergée par une gigantesque *acqua alta* : on entendra alors, comme j'ai cru les entendre, les cloches des églises englouties sonner sous la mer.

En Bretagne, comme à Venise au moment de Noël, on visite toutes les églises de la ville, pour admirer les crèches. Celles que l'on peut voir dans la Sérénissime sont plus belles, je dois l'admettre, que dans les églises du Léon et du Trégorrois.

La plus belle et la plus surprenante est celle de l'église Angelo Raffaele sur le Dorsoduro. Elle se trouve, non pas dans l'église, mais dehors dans un jardin proche et on peut l'admirer à travers une grille ouverte dans le mur du jardin. Elle est faite de planches et de feuillages, les santons disposés autour de la Sainte Famille, sous un toit qui est vraiment celui d'une étable.

Dans les *calle* de Venise, il y a aussi, comme dans les villes bretonnes, plus de prêtres et de bonnes sœurs que partout ailleurs. Et c'est à Venise que j'ai retrouvé les cérémonies religieuses de mon enfance.

J'ai les plus grands doutes sur une thèse qui,

basée sur la similitude des noms, prétend Venise avoir été créée par des navigateurs hardis, les Vénètes, Celtes venus de Bretagne. Ils peuplaient la région du golfe intérieur de la presqu'île d'Armorique, appelé Mor Bihan, ou Petite mer. Ils ont donné leur nom à la ville de Vannes, Wened en breton. Ce n'est qu'une légende, mais elle permet de rêver. Chateaubriand, qui a écrit sur Venise des pages admirables, reprend à son compte cette légende. « Je cherchais, en me réveillant, écrit-il, pourquoi j'aimais tant Venise, quand tout à coup je me suis souvenu que j'étais en Bretagne : la voix du sang parlait en moi. » « Vannes et Venise ont accouché mutuellement l'une de l'autre », dit-il plus loin, ce qui lui permet d'affirmer avec extravagance : « Les gondoliers et moi sommes cousins. » Mon regret aura été de ne pas avoir abordé Venise par mer, sur un voilier, comme les Vénètes, mes ancêtres !

Le crachin de Venise ne m'est pas hostile, pas plus que quelques centimètres d'*acqua alta*, à condition que l'eau ne déborde pas des quais et ne dépasse pas les premières marches de l'escalier qui monte au portail des Gesuati, sur les Zattere. Mais une pluie tenace décourage le promeneur, surtout l'aquarelliste. Au cours d'un de mes séjours, j'ai dû me réfugier dans les églises, dessiner et peindre des intérieurs. L'efflorescence gothique ou baroque des colonnes de pierre et de marbre de toutes couleurs, des chapiteaux, des frontons, les statues de saints et d'anges aux ailes déployées, porteurs de torches, les jubés, la lumière passant par les vitraux et les lucarnes percées dans les coupoles, les lustres tombant des cintres, les autels surchargés d'or, éclairés par des grappes de bougies offrent des images fascinantes. Certains vitraux comme celui qui surmonte l'autel de San Giacometto, au Rialto, sont composés de centaines de morceaux de cristal, réunis par des armatures de plomb, et déversent une douce lumière argentée. Dans les églises aussi, il faut travailler vite. À midi, à cinq heures, le gardien vous met dehors.

Des étoffes précieuses décorent les autels, habillent les colonnes, comme si les marbres, l'ivoire et le cuivre doré n'étaient pas jugés assez beaux pour orner la maison de Dieu. Dans l'église des Gesuiti, des draperies bleu et blanc recouvrent les colonnes torses du baldaquin, au-dessus de l'autel, entourent la chaire et retombent en plis lourds : ce sont de fausses draperies en marbre, l'un des décors les plus étonnants de l'art baroque. L'autel de la cathédrale San Giovanni e Paolo et celui de l'église des Carmélites sont en partie drapés de rouge. Dans d'autres églises, ce sont les colonnes de la nef qui sont gainées de velours précieux.

En m'installant près d'un bénitier ou d'un confessionnal, assez loin de la porte de l'église pour ne pas gêner l'entrée et la sortie des fidèles, ou plutôt des touristes, et n'être pas dérangé par eux, j'ai pu m'installer plus d'une fois et peindre. L'éclairage électrique, qui permet de voir les tableaux, les beautés et les détails du décor, des plafonds à caissons, s'éteint au bout de quelques minutes : il faut glisser une pièce dans le compteur prévu à cet effet, pour le rallumer. Me lever sans arrêt pendant mon travail étant insupportable, je glisse un billet au sacristain ou au préposé qui, derrière une table, vend brochures et images du sanctuaire, et ils entretiennent la lumière. Les touristes en profitent. Dieu merci, il ne m'est pas arrivé d'accident comme celui dont fut victime le peintre Gian Antonio Fumiani. Peignant le plafond de San Pantaleone, qui a la forme d'une barque renversée, il tomba de l'échafaudage où il était juché et se rompit les os. Je me suis bien gardé de monter sur des échafaudages pour peindre des angelots joufflus, des saints martyrs et leurs bourreaux au milieu des nuages. Au niveau modeste de mon pliant (pourquoi, diable, n'avoir pas pris une chaise ? C'est qu'il n'y en avait pas : ce sont des rangées de bancs reliés entre eux qui meublent, le plus souvent, les églises vénitiennes), il m'est arrivé toutefois une mésaventure dont je garde un souvenir cuisant.

C'était dans la chapelle au chevet de l'église Santa Maria dei Miracoli, l'une des plus charmantes de Venise. L'église, dit un guide, « se cache derrière le Rialto comme une pierre précieuse dans un écrin de satin » (cet écrin, à mon dernier voyage, était fait du bois d'un échafaudage qui la recouvrira encore pendant deux ans — deux longues années au bout desquelles je pourrai revoir, dans sa splendeur, Santa Maria dei Miracoli, s'il plaît à Dieu !). Cette proximité du Rialto m'étonnait, car j'avais découvert l'église en partant du campo San Zanipolo, dont elle est proche : c'est là un exemple des surprises que réservent les promenades vénitiennes. San Giovanni e Paolo, qui est dans le sestiere Saint-Marc, peut paraître, si l'on suit le Grand Canal, fort loin du Rialto : à pied, elle en est proche [1].

La chapelle de l'église aux murs de marbre

1. Ma prière a été exaucée. Un jour du mois de mai 1997, comme je me rendais au Rialto, arrivant sur la petite place, entre deux canaux, où s'élève Santa Maria dei Miracoli, j'ai eu la merveilleuse surprise de voir l'église sortie de sa boîte.

polychrome bleu et jaune est surplombée par le chœur, où l'on accède par des marches entre deux avancées couronnées de balustrades. Le jour entre sous la coupole par des lucarnes rondes. Non sans hésitation, car un groupe de touristes visitait la chapelle, je m'installai comme d'habitude, à gauche de la porte d'entrée. J'avais posé sur mon dessin les premières touches de couleur, quand mon pliant s'effondra et je tombai les quatre fers en l'air, chute spectaculaire qui fit se retourner les visiteurs dont certains, à ma honte, se précipitaient pour m'aider à me relever. Mon bloc de papier, projeté loin de moi, avait en tombant renversé le pot qui contenait l'eau, répandue sur le sol. Je n'avais plus qu'à rassembler mes affaires et à m'en aller. J'ai, sous les yeux, le dessin inachevé — et qui sans doute le restera.

Ce fut la première fois que m'arriva pareille mésaventure. Il y en a eu une seconde qui, elle, m'a laissé un bon souvenir. Je dessinais à la plume la perspective d'un *rio* se jetant dans le Grand Canal, quelque part entre San Pantaleone et les Frari, quartier plein de détours où l'on peut facilement se perdre. Installé près de la borne de pierre, à l'angle d'un pont, j'avais bien avancé mon dessin quand, là aussi, mon pliant s'effondra. Je tombai en arrière, heureusement sans me faire mal. Je me relevai quand je vis, traversant le quai, un homme qui m'observait depuis un moment sur le pas de sa porte, avec son petit garçon. Il venait vers moi en toute hâte, portant une chaise qu'il me tendit. Je le remerciai, charmé par ce geste qui témoigne de la gentillesse des Vénitiens envers les gribouilleurs, dont la vue aurait toutes les chances de les lasser. Je m'assis sur la chaise pour terminer mon dessin. J'eus droit aux commentaires du brave homme qui faisait remarquer à son petit garçon (éloge dont je ne sais si je dois être fier) combien mon dessin était fidèle.

L'église San Barnaba, non loin du lieu où m'arriva la mésaventure que je viens de raconter, a été en réparation pendant plusieurs années. Elle est à présent ouverte. Un matin pluvieux j'y suis entré et, bien qu'elle n'offre pas de beautés particulières, je m'y installai pour faire un dessin. Il était assez tard dans la matinée. À midi, je vis un prêtre éteindre les lumières et, sans façon, me faire comprendre qu'il allait fermer l'église. Or, j'avais vu, affiché à la porte, l'horaire des messes dont l'une était annoncée à midi et demi (c'était sans doute un dimanche). J'en fis la remarque au curé, m'étonnant qu'il voulût s'en aller. Il avait déjà jeté son manteau sur ses épaules et tenait à la main son béret, couvre-chef de tous les prêtres de la ville, dont la plupart portent encore la soutane.

« *Ma*, me dit-il, *non ci sarà la messa.* »

Et comme j'insistais, mentionnant l'horaire affiché à la porte :

« *Lei deve andare à San Trovaso*, dit-il d'un ton à peine aimable. *Perche qui, la messa non rende !* »

Ce qui, je pense, peut se traduire ainsi : « La messe, ici, n'est pas rentable. »

Les curés vénitiens ne manquent ni d'audace ni d'humour. Dans une église proche du Ghetto, que je n'ai pas identifiée, les paroles que prononça le curé, au cours de son sermon, m'ont été fidèlement rapportées. En cette époque de Noël, il parlait de la Sainte Famille. « Vous savez, dit-il d'un ton familier et persuasif, le couple de Joseph et de Marie était très uni. On n'a jamais entendu dire qu'ils se soient disputés. Joseph était un bon menuisier ; il n'était pas syndiqué, il ne faisait pas grève... Il n'a jamais été question de séparation entre eux. »

Cet éloge du couple qui a veillé sur l'enfant Dieu a dû faire réfléchir plus d'un fidèle et ramené la paix dans plus d'un ménage.

Saint Joseph jouit à Venise d'une dévotion

particulière et une église lui est dédiée. Il est rare de le voir porter l'enfant Jésus, saint fardeau réservé à Marie dans les innombrables tableaux où l'on voit le Bambino nu, demi-nu, souriant, endormi, prêt à téter le sein maternel, les doigts levés comme pour donner une bénédiction sous l'œil étonné de celle qui le montre aux rois mages et au monde. À San Trovaso, il y a un petit tableau où l'on voit saint Joseph porter l'enfant Jésus. À Paris, je ne connais qu'une image semblable (mais je connais moins bien les églises de Paris que celles de Venise) : elle se trouve dans la chapelle étonnante des lazaristes, rue de Sèvres.

La fête de Saint-Marc est la plus importante de la ville, comme il se doit. On voit passer de nombreux jeunes hommes, une rose à la main, qu'ils vont offrir à la dame de leurs pensées. Dans une trattoria des Zattere, j'ai vu entrer un chevalier de Malte qui revenait de la cérémonie à la basilique. Il portait le manteau blanc à la croix de Malte. On l'accueillit avec enthousiasme, des embrassades et des cris et le chevalier, le plus démocratiquement du monde, but un verre de prosecco sur le zinc, avec ses amis.

Dans le cloître roman du palais du patriarche de Venise, derrière Saint-Marc, j'ai admiré la statue décapitée d'une Vierge portant Jésus (le nimbe derrière la tête de l'enfant ne peut laisser aucun doute sur l'identité de la statue). Assise, la Vierge pose la main à plat, au bout d'un bras tendu, sur la surface striée de lignes ondulées figurant (assez mal) l'eau contenue dans une vasque. C'est presque le geste d'une déesse païenne de l'Eau.

Au centre de la cour carrée du cloître, pavée de briques anciennes (elles ont été longtemps sous l'eau), un puits est orné, sur l'une de ses faces, d'un vase gravé dans la pierre, signe que l'eau du puits était potable.

Au cours de cette visite, j'ai pu voir la crypte de la basilique, dont l'austérité contraste avec la richesse de l'église qui la surplombe où les nouveaux éclairages révèlent la beauté des mosaïques décorant la voûte et le chœur. Dans la crypte, la brique est nue, les colonnes de pierre sans revêtement de marbre. Longtemps inondée, elle est aujourd'hui aménagée en chapelle.

Les églises de Venise, somptueuses ou modestes, offrent des contrastes saisissants. San Nicolò dei Mendicoli, l'une des plus anciennes de la ville, se trouve dans l'un des quartiers les plus pauvres, à l'extrémité du Dorsoduro. Elle est environnée de maisons de cinq ou six étages surmontées de forêts de cheminées, les murs recouverts d'un enduit noirâtre qui s'écaille pour laisser voir des pans de briques ébréchées, des linges séchant aux fenêtres. Le campanile est une tour carrée qui n'a pas été achevée et reste sans toit ni flèche. Le portique, modeste, n'a pas été modifié depuis le XV^e siècle.

L'intérieur, austère et sombre, est néanmoins très beau avec son grand jubé de bois soutenu par des colonnettes de marbre. Tout heureux de voir un artiste, au fond du sanctuaire, chercher une place d'où dessiner son église, le curé vint à moi, s'empressa pour faciliter mon installation et m'apporter, lui aussi, une chaise. Il améliora les éclairages illuminant l'autel, fort simple, orné des bustes en cuivre doré de quatre doges, et la nef dont la corniche byzantine tranche sur les poutres saillantes du plafond. Il vint plusieurs fois regarder la progression de mon dessin, m'encourager par ses éloges (peut-être par ses prières ?).

San Giorgio Maggiore, au ras des flots, est aussi claire que San Nicolò est sombre. C'est sur le parvis de marbre de San Giorgio, contemplant la douane de mer, la Salute et le débouché du Grand Canal sur la lagune, Saint-Marc et le palais des Doges à ma droite, la Giudecca à ma gauche, que l'image de Manhattan contemplée au petit matin s'imposa à moi. Aussi différentes qu'elles puissent l'être, les deux villes réalisent l'une et l'autre un mariage de la pierre et de l'eau, le minéral le plus pur, débarrassé du végétal (Venise n'est pas sans jardins ni sans arbres, mais ils sont le plus souvent cachés derrière de hauts murs et, l'hiver, privés de feuilles), se mire dans le minéral en fusion. Ce sont des villes selon le cœur de Baudelaire. Certaines gravures de New York du début du XIXe siècle montrent des vues de la ville prise de Brooklyn ou de l'île du Gouverneur, où l'on voit le clocher de Trinity Church pointer au-dessus des maisons aux toits de tuiles rouges et de la Battery, qui évoquent Venise. Le rapprochement entre les deux villes a été fait plusieurs fois. Paul Morand voit dans le Grand Canal au XVe siècle une « sorte de Cinquième Avenue pour doges milliardaires ». Pour ma part, c'est le canal de la Giudecca, sillonné par des paquebots de fort tonnage, des vaporetti, des vedettes, des embarcations de toutes tailles, qui m'évoque l'East River. Les sirènes des paquebots qui vous parviennent la nuit, jusque dans votre chambre, quand la brume recouvre le canal, me rappellent celles que j'entendais, les nuits d'hiver, de ma chambre de Beekman Place dominant l'East River.

Si j'entre à San Giorgio par le portail palladien, entre ses quatre colonnes de marbre, je comprends ce que l'église représentait

— comme d'ailleurs d'autres cathédrales et basiliques de Venise et d'Italie, ou de France — aux siècles de foi : des lieux de repos et de méditation, mais aussi de rendez-vous, de promenades. L'on y déambulait comme aujourd'hui dans les *gallerie* des villes italiennes (celles de Milan, entre autres), le nez en l'air. On était de plain-pied avec sa religion. Celle-ci n'était pas une religion de crainte et de tremblement, mais d'accueil et de paix. Elle vous proposait des œuvres belles à admirer, les dernières fresques et les tableaux commandés aux artistes connus de la ville ou venus d'ailleurs à grands frais. On les commentait. On allait de la nef aux bas-côtés, on faisait le tour de l'abside, discutant avec un ami des mérites d'une œuvre nouvelle, d'une statue de saint, du tombeau d'un doge, des couleurs d'un vitrail venant d'être posé, le nez en l'air... On était chez soi dans la maison de Dieu.

À San Giorgio, une fois franchie la balustrade qui isole le chœur, il faut se diriger à droite jusqu'à une porte dissimulant un escalier en colimaçon. Celui-ci conduit à une autre porte qui s'ouvre sur une vaste pièce, ancienne sacristie transformée en chapelle. Des stalles surélevées sur trois côtés des murs, face à l'autel, étaient destinées aux moines bénédictins. Cette chapelle fait sans doute partie du monastère contigu à l'église et je me suis demandé si ce n'était pas dans ce lieu que les cardinaux chassés de Rome par Bonaparte (encore lui !), réfugiés à Venise et réunis en conclave, avaient élu Pie VII, en 1800 ?

Aujourd'hui, les fidèles peuvent occuper les stalles où s'installent quelques moines (l'on me dit qu'ils ne sont plus que quatre !). L'autel, sans ornements, est surmonté d'un retable et d'une réplique, par le peintre lui-même, du tableau célèbre de Carpaccio dans la scuola di San Giorgio degli Schiavoni où l'on voit saint Georges terrasser le dragon avec une lance d'une longueur insolite. Un joli meuble, bleu et argent, de la taille d'une armoire, ou plutôt d'un buffet puisqu'il s'agit d'un orgue, se trouve du côté de l'évangile. Pendant l'élévation, l'organiste joue un motif à l'orgue, mais c'est sur un harmonium voisin qu'il accompagne les chants qui sont tous en latin, comme dans l'ancienne liturgie.

« *Introïbo ad altare Dei...* » Pourquoi avoir supprimé cette prière au bas de l'autel ? Il faut venir à Venise, braver une tempête où souffle la bora pour l'entendre... « *Ad Deum qui laetificat juventutem meam...* » Oui, pourquoi avoir supprimé cette belle prière à Dieu... « qui remplit mon âme d'une joie nouvelle », ou d'une « jeunesse » nouvelle ? Suit le *Gloria* dont les paroles, comme celles du *Credo*, du *Pater* et des autres prières, n'ont pas été changées.

À San Giorgio Maggiore, et aussi au cours d'une grande messe pontificale à Saint-Marc, suivie d'une procession autour de la basilique tout au long de laquelle le patriarche, mitre en tête et crosse en main, précédé de la théorie des prêtres, des diacres et des sous-diacres en chasubles et dalmatiques, des enfants de chœur en robes rouges et surplis, du Suisse dans son habit galonné d'or, bénissait les fidèles et, par la même occasion, les touristes intimidés, parqués dans les bas-côtés et qui ne savaient quelle contenance prendre, j'ai retrouvé l'église triomphante de la Contre-Réforme, riche de ses trésors et de ses fastes. Paradoxalement, c'est à l'abbaye de Westminster, haut lieu de l'église anglicane, que l'on peut assister à des cérémonies semblables, *ad majorem Dei Gloriam*... !

(On comprend pourquoi le baron Corvo aurait tant voulu devenir prêtre. Pape, pourquoi pas ?)

Je tenais à voir la fête du *Redentore*, qui a lieu à la mi-juillet. Je me demandais comment un pont pouvait avoir été jeté sur le canal de la Giudecca, les Vénitiens devant se rendre à pied, selon le vœu fait au moment de la construction de l'église, en rémission d'une épidémie de peste qui ravagea la ville. Je savais que tous les bateaux de la ville, voiliers à l'ancre dans le port de plaisance de San Giorgio, comme les plus humbles embarcations se groupaient dans le canal, au cours de la fête. Passait-on d'un bord à l'autre de ces navires à couple pour franchir le canal ? J'éprouvai une déception légère en voyant que la traversée s'effectuait fort aisément sur un pont flottant, établi par le Génie de l'armée italienne. Ouvert au centre pour laisser passer les *vaporetti* et des embarcations légères, la veille de la fête, il est entièrement fermé pendant vingt-quatre heures et les Vénitiens, venus de tous les quartiers de la ville, le traversent en foule pour monter jusqu'à l'église et y mettre un cierge. La procession du dimanche soir, le patriarche et le maire de la ville en tête, suivis de la foule, est impressionnante. À la nuit tombée, un feu d'artifice qui a duré près d'une heure, faisait concurrence aux éclairs de l'orage qui, ce jour-là, embrasait la lagune. Les bateaux les plus divers — mais pas une seule gondole — se groupent en effet dans le canal qui, grâce au pont, forme un bassin bordé par les quais de la Giudecca, des Zattere et l'île de San Giorgio. Sur tous les rivages on festoie, tard dans la nuit, en admirant le feu d'artifice lancé près des Zitelle.

Les murs de Venise sont décorés d'innombrables ex-voto, presque tous dédiés à la Vierge. De tailles et de formes diverses, plus ou moins bien entretenus, ils sont souvent ornés de quelques fleurs piquées dans un vase, devant l'image pieuse. C'est parfois une lampe allumée qui l'éclaire, comme à un ex-voto qui jouxte un bar à vins, l'un des meilleurs de la ville, fréquenté par tous les habitants assoiffés du Dorsoduro, au bord du rio San Trovaso, face à l'église et à l'atelier de réparation des gondoles. Un coup dans le nez, il suffit, en sortant du bar, de se détourner vers le mur du palais voisin pour faire une « tite prière », comme disait Raymond Queneau, devant la Vierge.

Certains ex-voto sont de proportions plus grandes, comme celui de l'impasse qui mène au *traghetto* proche du palais Dario.

On voit aussi, sur un campo ou le long d'une *calle*, de petites chapelles dédiées à la Vierge ou à un saint peu connu. La plus étonnante qu'il m'ait été donné d'admirer, se trouve dans une *calle* toute droite, la Sarasina, dans le quartier populaire de San Pietro di Castello. La chapelle, peinte d'un rouge flamboyant sur lequel se détache le vert d'une large porte de bois ouvragé, à deux battants, est surmontée d'un petit édifice contenant une seule pièce, ornée d'un balcon, peut-être réservée au gardien de la chapelle ? Une voisine, voyant que je m'intéressais à cet édifice de forme étrange et de si belles couleurs, que j'avais commencé à dessiner, vint à moi et ouvrit la porte verte, révélant un autel où, sur une nappe en dentelle, au milieu de fleurs fraîches, trône une statue de la Vierge.

Un écrivain français qui écrit sur Venise ne peut pas ne pas évoquer la mémoire d'écrivains de son pays qui ont célébré les splendeurs de la Sérénissime. Ils sont plus nombreux que les peintres et parmi les plus illustres de notre littérature. Ceux que Paul Morand a baptisés les « longues moustaches », et à qui Michel Bulteau a consacré un petit livre précieux, sont d'une fréquentation moins redoutable que celle des Chateaubriand, Musset, Théophile Gautier, Barrès...

J'ai plus d'une raison pour me sentir des affinités avec les « longues moustaches », qui habitèrent souvent Venise dans les premières années de ce siècle. Et pourtant leur esthétisme affiché, leur goût des objets rares, des animaux bizarres, perroquets, toucans, aras, des feuilles mortes « à la craquante robe de soie fauve » (Francis de Miomandre), leurs faux cols empesés, leurs monocles teintés et jusqu'à l'idée qu'ils se font de la littérature, leur « déraison d'être » me procurent quelque agacement. Est-ce parce qu'ils offrent une caricature de l'esthète amoureux de Venise ? C'est surtout parce qu'ils musardent le long des canaux, prennent le thé dans des palais délabrés, invités par des égéries exigeantes, paressent au Florian en citant des vers alors que je marche d'un bon pas par les *calle* de la ville, me rendant au travail. Ils ont certes goûté Venise, ses ciels purs, la beauté de ses églises, ils l'ont contemplée du haut de l'*altana* d'un palais, ils ont pris le soleil sur les Zattere, en « oisifs enchantés », mais c'est leur oisiveté, leur démarche paresseuse de dandys « amers et doux » qui m'irrite. Venise est pour moi un lieu de merveilles où il n'y a pas un instant à perdre. « Leur Venise, dit Morand, ils la savaient sur le bout des doigts. » C'est moi, qui l'ai habitée moins longtemps qu'eux et sans les avantages qu'offrait la « Belle Époque », qui la connaîs « sur le bout des doigts », quand ceux-ci tiennent la plume ou le pinceau. Venise est une ville pour peintres, non pour littérateurs. Michel Déon l'a bien compris, qui dit que si Venise a abandonné son corps aux écrivains, « c'est aux peintres seuls qu'elle a dévoilé son visage ».

« Les longues moustaches » ont refusé la

Venise décadente et morbide de Barrès, de Thomas Mann. Ils s'y sont trouvés heureux de vivre. Ils n'en sont pas moins restés des dandys un peu trop bien habillés, trop mondains, décadents. Ils sont les citoyens de la République des ducs (la française !) où règne le franc-or ; où Mme Verdurin tient un salon littéraire où se font les élections académiques ; où l'impressionnisme est enfin reconnu, où Picasso en est encore à sa période rose ou bleue... La fin du siècle de fer que nous vivons ne ressemble pas à celle du siècle dernier où Paris était encore un village et Venise un salon littéraire où l'on cause. L'Orient extrême et le Far West n'avaient pas déversé dans les ruelles de Venise, comme dans les rues de Paris, des hordes de touristes bardés d'appareils photographiques. À Venise, aujourd'hui, il faut se hâter pour voir et pour vivre. Ce n'est pas « la vie qui avilit », c'est le *fare niente*.

J'ai connu deux « longues moustaches », Émile Henriot et Gilbert de Voisins. Le premier, à la suite d'un article, m'invita à lui rendre visite. Je vivais alors plusieurs mois par an aux États-Unis et m'apprêtais à partir pour la Californie. L'apprenant, Émile Henriot me parla du Français Raousset-Boulbon qui, au milieu du XIXe siècle, s'était taillé une principauté dans les terres vierges d'au-delà des montagnes Rocheuses, à l'exemple du Suisse Sutter. Il aurait fait un bon héros de roman, me dit Émile Henriot qui avait porté la cuirasse de dragon et rêvait de chevauchées. J'ai rêvé, moi aussi, à Raousset-Boulbon sans me décider à le suivre.

J'avais dix-sept ou dix-huit ans, c'était donc dans les années trente de ce siècle, quand je rencontrai Augusto Gilbert de Voisins. Ce fut dans le petit village au bord de la mer où j'ai passé toutes les vacances de ma jeunesse et que j'ai déjà évoqué. Avec des camarades, parisiens pour la plupart, dont les parents possédaient des villas ou descendaient dans l'un des hôtels, nous formions une bande de garçons et de filles qui s'étaient donné pour égérie ou pour muse une belle Anglaise excentrique (sur le continent, elles le sont toutes) qui fumait des « Craven A » et buvait des fines à l'eau. Elle avait un voilier, beau dériveur de six mètres cinquante, gréé en marconi, un marin, un canoë, et nous faisait profiter de ses richesses. Elle participait au tournoi de tennis de la saison et nous apprit à danser le charleston, à tour de rôle, au petit casino détruit sous l'Occupation par les Allemands, qui se trouvait à la pointe de la presqu'île. Le soir, après le dîner, nous nous retrouvions devant le mur qui surplombait le port. Quand la « bande » était au complet, nous traversions la place du port et, après avoir contourné l'église, prenions le chemin des douaniers qui longe la côte. Le « tour de la pointe », chaque soir, était de rigueur. Il nous arrivait de nous asseoir sur l'herbe rase, au sommet d'un rocher, face à l'île Verte, pour voir à la nuit tombée s'allumer le phare du Triagoz et les feux balisant l'entrée de la rivière de Lannion.

Un soir du mois de juillet, Lila, notre Anglaise, arriva devant le mur du port en compagnie d'un monsieur âgé, au long visage osseux et glabre, vêtu avec une certaine élégance où je devinais, sans bien l'identifier encore, un chic anglais et coiffé d'un panama sérieux avec un peu de fantaisie dans les bords. Il parlait d'une voix retenue et grave, insistante, comme pour donner aux mots toute leur valeur, façon de parler nouvelle pour moi, que je devais retrouver chez quelques écrivains, entre autres chez Jacques Chardonne où elle atteignait dans le maniérisme une perfection jamais égalée. Le nouveau venu, nous l'apprîmes dès les présentations, était écrivain et se nommait Gilbert de Voisins, nom inconnu de nous tous, jeunes bacheliers ou étudiants en droit ou en médecine. Il se joignit à nous pour le « tour de la pointe », ce soir-là et ceux qui suivirent.

Tout de suite, je me sentis attiré par lui. Il citait des noms d'écrivains qu'il paraissait connaître intimement, auteurs de livres que je n'avais pas lus, mais dont les titres figuraient dans des articles de journaux et magazines littéraires dont je faisais une ample consommation : Paul Claudel, André Gide, François Mauriac, André Maurois... Il appartenait à ce monde prestigieux, à des années-lumière de ma lointaine province et dont l'éclat me parvenait à peine, le monde littéraire parisien. Sans doute devina-t-il en moi une future recrue, car il me manifesta de l'intérêt, m'interrogeant sur mes lectures, se mettant à ma portée pour discuter des mérites de Victor Hugo, de Balzac, de Musset, auteurs du « programme », citant des vers, des phrases entières de Chateaubriand et de Barrès, manifestement heureux d'avoir trouvé un auditeur. Je crois l'entendre réciter de sa voix grave les vers charmants de Musset (Musset était alors mon poète préféré, et s'il n'a plus dans mon cœur et ma mémoire la première place, je n'en suis pas dépris) :

*Dans Venise la rouge*
*Pas un bateau qui bouge*
*Pas un vaisseau sur l'eau*
*Pas un falot*

Aucun d'entre nous ne se doutait que ce personnage assez énigmatique, qui passait des vacances seuls, à l'hôtel de Bretagne, partait tous les matins à l'aube dans la barque d'un marin pour gagner au large les lieux de pêche, était le gendre de José Maria de Heredia (celui-là nous le connaissions tous), ayant épousé sa troisième fille après l'avoir enlevée à son meilleur ami Pierre Louÿs, lequel avait été l'amant de Gérard d'Houville, la première fille, femme d'Henri de Régnier : les trois écrivains étaient donc des beaux-frères. Gilbert de Voisins était aussi le petit-fils — mais je ne l'ai appris que plus tard — de la célèbre danseuse la Taglioni, qui posséda un palais à Venise.

Et quel palais ! La Ca'd'Oro, récemment remise en état, et où vécut, plus tard, une jeune femme de l'aristocratie vénitienne, célèbre pour sa beauté. On m'a raconté que le jour ou Guillaume II, empereur d'Allemagne, visita Venise, elle se montra à son balcon dans tous ses atours. L'empereur, défilant sur le Grand Canal devant la Ca'd'Oro et la voyant, tomba amoureux d'elle. Le soir même elle était dans son lit. Guillaume II avait succédé au négus Hailé Sélassié, le roi des rois, ou il le précéda, je ne sais plus. Je ne cite cette histoire qu'en exemple de celles qui, à Venise, courent le Grand Canal et tous les canaux et que racontent avec gourmandise les habitants de la ville. Chaque palais est riche d'intrigues et de scandales que l'on colporte de génération en génération. La Venise actuelle enrichit de ses ragots la chronique amoureuse de la ville la plus cancanière du monde.

Pour revenir à Gilbert de Voisins, nous ne savions pas non plus qu'il avait été l'ami intime de Victor Segalen, médecin de marine, poète, romancier, qui lui a dédié l'un de ses ouvrages et qu'il accompagna dans deux expéditions archéologiques en Chine, en 1909 et 1914. Je ne crois pas que le « nouveau venu » nous ait parlé de la Chine, dont nous ne savions pas grand-chose. Il aurait pu mentionner le nom de Victor Segalen, Brestois, compatriote de certains d'entre nous. Je n'ai pas souvenir qu'il ait parlé de *Stèles*, ni de *René Leys* aujourd'hui réimprimés, ni des expéditions lointaines auxquelles il prit une part active et qui représentaient alors des exploits remarquables.

Des rapports amicaux s'établirent très vite entre Augusto Gilbert de Voisins et moi. Il déplora mes opinions politiques, influencées par celles de Charles Maurras ; mon éducation religieuse dans un collège où j'avais été pensionnaire pendant sept ans, me levant tous les matins à six heures pour aller tous les jours à la messe. Il me fit honte de ne pas avoir encore connu de femme et me fit promettre de lui envoyer une carte postale quand j'aurais sauté le pas. Rentré à Paris, Gilbert de Voisins m'adressa plusieurs de ses livres : *L'Enfant qui prit peur*, *Le Bar de la Fourche*, réédité récemment par le Mercure, *Les Miens*... Ce sont les premiers livres, ornés de dédicaces, qu'un écrivain m'ait offerts.

Dans *Les Yeux noirs*, Dominique Bona raconte avec talent les vies des trois filles de Heredia et fait revivre le milieu littéraire et mondain du début du siècle où les mœurs étaient fort libres, voire scandaleuses. Gilbert de Voisins y paraît aux côtés de ses beaux-frères et de ses amis. J'ignorais jusqu'alors qu'il fît partie, en compagnie d'Henri de Régnier, de Jean-Louis Vaudoyer, d'Edmond Jaloux, d'Émile Henriot, des esthètes amoureux de Venise. Michel Bulteau le salue au passage et cite de lui la phrase suivante : « L'heure du Titien, c'est cinq heures du soir, à Venise, en octobre, quand il fait beau. » Paul Morand le montre engagé avec Vaudoyer dans une discussion sur le lieu où s'élève le palais Grimani : il y en a onze ! Est-ce de s'être assis « sous le Chinois », au café Florian, qui lui avait donné le désir de visiter l'Empire du Milieu ? J'ignore quand a disparu Gilbert de Voisins. Peu après les vacances où je fis sa connaissance, l'envoi de livres et quelques lettres échangées, je le perdis de vue. Je ne savais pas que, à la fin de ma vie, je le retrouverais, grâce à Venise.

Il n'y a plus de « longues moustaches », ni au Florian ni ailleurs. Les Français de ma connaissance qui vont à Venise sont glabres. Ils sont de plus en plus nombreux, au point que l'on peut se demander si le séjour à Venise n'est pas devenu une mode (mode à laquelle je sacrifie, bien malgré moi). Plusieurs Parisiens ont loué des appartements sur le Grand Canal ou dans d'autres quartiers de la ville. Ils connaissent les mêmes adresses, de sorte qu'il y a des chances pour qu'on les rencontre dans les mêmes restaurants. Il y a parmi eux des écrivains, des commissaires-priseurs, des professeurs, des avocats... Même des académiciens.

Que vont chercher ces voyageurs qui habitent à Paris dans de beaux quartiers et arrivent, dans une grande mesure, à s'épargner les soucis et les difficultés qu'offrent aujourd'hui le plaisir ou l'obligation de vivre à Paris ? D'autres soucis et d'autres difficultés : où se loger et prendre ses repas ; comment faire face au mauvais temps et à l'*acqua alta*... Remplacer les problèmes quotidiens dont on est lassé par d'autres problèmes est l'un des charmes du dépaysement. Mais s'il n'y avait que cela, bien d'autres villes que Venise feraient l'affaire. Venise procure d'autres joies.

Et d'abord, le silence. Nous vivons dans une civilisation du bruit. Parmi ces bruits qui nous assaillent, il faut distinguer les bruits nobles et les bruits infâmes. Infâmes, les bruits de moteurs d'autos, les pétarades de motos, les sirènes des voitures de pompiers et de police, les hurlements de la télé qui se déversent dans les cours, par les fenêtres ouvertes... Certains bruits mécaniques, toutefois, sont acceptables, à condition de rester faibles ou lointains, je dirais même qu'ils sont nobles : les sirènes de bateaux par temps de brume, le sifflement lointain d'un train, le bruit de la batteuse mécanique que j'entendais dans mon enfance à l'époque de la moisson : ces bruits suggèrent des idées de départ ; ils invitent au voyage et projettent l'imagination vers des pays inconnus, de nobles tâches.

Sans doute les bruits infâmes n'ont pas tous disparu à Venise et j'imagine que, l'été, on les entend davantage. Lytton Strachey, qui avait la bougeotte et ne se trouvait bien nulle part, se plaint, au cours d'un séjour à Venise, de bruits insistants : il s'était logé, à la Giudecca, près d'une usine à glace où le travail commençait à trois heures du matin ! L'hiver, où l'on se calfeutre, on n'entend pas la radio ni la télévision et les bruits qui dominent sont des bruits nobles : bruits des cloches, nombreux dans le ciel de Venise ; bruits de l'eau qui éclabousse un quai, au passage d'une embarcation, clapotis d'une eau dormante, au fond d'un canal, pas d'un promeneur dans une rue vide, appels lointains d'un gondolier... Les bruits n'ont pas disparu, mais ils gardent leur singularité, on les reconnaît, ils se répandent dans l'air limpide qui enveloppe la ville.

C'est la nuit qu'on les entend avec le plus d'insistance, d'amusement, parfois une pointe d'inquiétude. Les nuits vénitiennes baignent dans un silence épais comme un brouillard. Marcel Brion en a merveilleusement parlé : « Les sons, dit-il, y deviennent différents dès que le soleil est couché et plus innocents, comme la voix fraîche d'une jeune femme ou les carillons d'une paroisse populaire, y prennent on ne sait quelle signification dont notre âme perçoit alors le vigilant secret. »

Le piéton nocturne du *Teatro degli Spiriti* ne reconnaît pas les maisons devant lesquelles il passe chaque jour ; il se trompe de direction. Au centre d'un campo d'où partent, aux quatre coins, quatre rues, il hésite sur celle qu'il doit prendre... Les errances dans une ville où l'on se couche de bonne heure et qui, la nuit, est comme vidée de ses habitants (et de ses chats) peuvent devenir angoissantes. C'est alors qu'apparaissent les fantômes : ceux d'un Théâtre imaginaire, caché dans l'un des replis secrets de la ville morte, à demi engloutie sous les eaux.

À Venise, la nuit, le piéton retrouve des sensations qu'il a peut-être connues dans sa jeunesse, à l'âge où l'on traîne dans les rues jusqu'à l'aube, dans une ville de province. C'est aussi la nuit qu'il peut se croire sur le pont d'un bateau, dans le port inconnu où il vient de jeter l'ancre. La masse d'une maison qui le surplombe, c'est celle d'un quai qu'il s'apprête à escalader sur l'échelle de fer qui le longe. Et les lumières lointaines qu'il voit sont celles d'un bistrot du port où se réchauffer.

Privé de sa voiture, des moyens rapides de déplacement : taxis, autobus, métro ; obligé de marcher, le Parisien est débarrassé des gestes qui ponctuent ses journées : chercher la monnaie pour une place de parking, s'il a la chance d'en trouver une, poinçonner un ticket de métro, prêter attention aux feux de signalisation, emprunter les passages cloutés, attendre l'ascenseur pour monter à l'étage de son appartement. Les grands hôtels, à Venise, ont des ascenseurs, mais de nombreux palais n'en ont pas. Franchie la porte qui donne sur la rue, vous vous trouvez dans une vaste entrée en partie voûtée, au bout de laquelle miroite l'eau noire d'un canal. Comment s'orienter dans cette cour obscure, contourner le puits qui s'y trouve ; où trouver la minuterie de la lumière, les marches d'un escalier, au milieu des statues de marbre et des bancs de pierre ? Trouvé l'escalier, il faut, pour en monter les marches étroites, s'aider de la rampe de cuivre, s'il y en a une : de jolis anneaux en forme de poings fermés les attachent aux murs. La lumière s'éteint : c'est à tâtons et en battant le briquet que vous pouvez vous y retrouver.

Les distances, à Venise, ne sont plus les mêmes. Paris, pendant la guerre, et en dépit d'une présence encombrante, avait retrouvé une pureté minérale, l'on redécouvrait la beauté de ses monuments et de ses perspectives, les distances étaient raccourcies et l'on n'hésitait pas à les parcourir à pied ou à vélo. À Venise, on arpente des kilomètres de rues et de quais sans s'en rendre compte. Venise est une ville à échelle humaine, alors que Paris ne l'est plus. Le Parisien y découvre une liberté de mouvements, une aisance, une disponibilité dont il avait perdu l'habitude. Il s'habille différemment, troque ses costumes de ville contre un veston de sport, un pantalon de velours, et se coiffe d'une casquette.

Paris, au temps des « longues moustaches », était encore une ville où se promener en marchant. Barrès raconte, dans ses *Cahiers*, qu'un jour venant de Neuilly à pied pour se rendre à la Chambre des députés, il rencontre, à hauteur de l'Étoile, Jean Jaurès qui s'y rendait aussi. Ils se saluent, descendent ensemble les Champs-Élysées en bavardant et en donnant, à droite et à gauche, des coups de chapeau aux Parisiens qui les ont reconnus et les ont salués. Une telle promenade est aujourd'hui impensable, pour toutes les raisons que l'on sait — à commencer par le fait que nous avons changé de République. À Venise, au cours de ces errances dans la ville, il n'est pas rare de rencontrer deux fois dans la journée la même personne, et de la saluer. Sans doute peut-il s'agir d'un fâcheux que l'on fuit. Il a toutefois une qualité qui incline à l'indulgence à son égard : il fait partie des passagers. On ne peut tout de même pas le jeter par-dessus bord ! L'urbanité demeure une qualité de l'urbanisme.

Rien n'exprime mieux la surprise amusée que peut provoquer une rencontre imprévue que celle que fait le narrateur d'*À la recherche du temps perdu*. Entré dans un hôtel pour y dîner, il aperçoit à une table de la salle à manger la marquise de Villeparisis, vieillie, le visage abîmé « d'une sorte d'eczéma ». Le maître d'hôtel lui dit qu'elle attend M. de Villeparisis qui séjourne avec elle à l'hôtel. Quelle n'est pas la surprise du narrateur de voir arriver M. de Norpois, le vieil amant de la marquise ! Et de le voir se pencher sur elle « avec cette violence sénile de certains octogénaires et qui les jette sur les femmes à qui ils ne pensent plus faire grand mal ».

Parmi les Français qui aiment Venise, peut-être y a-t-il aussi le petit nombre de ceux qui, las des mensonges officiels diffusés depuis cinquante ans par les hommes politiques de droite et de gauche, se sentent devenus des étrangers dans leur pays. Désavoués par l'Histoire et refusant l'image qui en est donnée, ils trouvent à Venise, qui a été mise en marge de l'Histoire mais ne veut pas mourir, un refuge. C'est dans les fins de siècle que l'on entend le glas de l'Histoire. C'est à la fin du siècle des Lumières que la Sérénissime a été détruite par un Attila venu de l'Ouest. Il n'est pas difficile d'imaginer comment, en cette fin d'un siècle d'horreurs et de flammes, notre petite terre d'Europe pourrait devenir, avec ses cathédrales désertées, ses palais détruits ou entretenus à grands frais, une autre Venise. C'est aussi pourquoi nous fascine l'image de la Sérénissime : le glas que sonnent les cloches de ses églises sonne aussi pour nous.

Un moment vient dans la vie, où l'on sent le

besoin de se replier sur l'*unum necessarium* : le salut de son âme, pour ceux qui ont le bonheur de croire ; un « jardin » intérieur, pour ceux qui ont entendu le conseil de Voltaire. Taine, qui a bien parlé de Venise, dit à peu près ceci : l'homme sage, chaque soir, range ses outils soigneusement et les reprend le lendemain matin pour travailler. C'est ce que fait le peintre à Venise, nettoyant chaque soir palette et pinceaux, taillant ses crayons, prêt à repartir dès le lendemain matin, sous le bras son pliant dont il a pu faire recoudre la sangle, sur le motif.

Un séjour à Venise me rappelle aussi, sur un mode plus frivole, les voyages transatlantiques, au lendemain de la guerre, lorsque les lignes aériennes n'existaient pas encore. La traversée de l'océan prenait cinq jours (l'*Île-de-France*, les deux *Queens* de la Cunard, le *Liberté*) ou neuf jours (le *De Grasse* ou le *Champlain*). Ma première traversée, en juin 1946, qui dura dix-huit jours, fut exceptionnelle. La vie de fêtes que l'on menait à bord pendant ces quelques jours, dans le luxe et l'oisiveté — les repas, les soirées dansantes, les séances de cinéma —, n'avait quelque âpreté que parce qu'elle se déroulait au milieu de l'océan. Confronté à l'image de la plus grande liberté, celle de l'horizon de la mer, le voyageur était captif de sa prison de luxe. Le « dorsoduro » est un transatlantique dont il a la forme : la douane de mer en est la proue ; les Zattere le pont supérieur où il fait bon prendre le soleil, boire le bouillon de onze heures et voir, à la nuit tombée, le soleil se coucher derrière la Giudecca,

*en des confitures de crimes.*

Je ne connais pas le Lido. Jamais je n'ai éprouvé l'envie de m'y rendre et les images que m'en a données le film de Visconti, tiré de *Mort à Venise*, m'ont suffi. Ces images, le beau visage de la Mangano se sont substitués dans mon imagination à celles que j'avais pu former à la lecture du roman. Celui-ci, relu, m'a déçu. C'est que l'on n'y voit pas Venise.

Je ne crois pas que Proust ait eu le désir de voir le Lido, puisqu'il avait fait de longs séjours à Cabourg. Un autre Cabourg ou un autre Deauville, de longues plages vides, les cabines de bain des grands hôtels fermés ! J'aime trop Venise pour aller, en plein hiver (c'est l'hiver, je l'ai dit, que j'y ai séjourné), chercher des images banales du tourisme international.

*Too late* : Barbey d'Aurevilly avait fait graver ces mots sur la coiffe de son chapeau. C'est une phrase qui m'est venue plus d'une fois à l'esprit, devant mes dessins et mes peintures de Venise. J'ai dessiné et peint depuis ma jeunesse. Il m'arrive de penser que c'était peut-être mon moyen d'expression le plus naturel, celui qui m'aurait apporté le plus de joie, où j'aurais donné le meilleur de moi-même.

C'est par la peinture à l'huile que j'ai débuté, vers quatorze ou quinze ans, grâce à l'un de mes oncles qui mit entre mes mains palette et pinceaux et m'apprit les rudiments de l'art. En vacances, je continuai à peindre, marines et portraits. Mon matériel était sommaire. J'appris à tendre la toile sur des châssis, à préparer l'enduit pour la recouvrir. J'ai peint sur des planchettes de bois et du carton. Les peintures de cette « période » retrouvées, je constate qu'aujourd'hui où je peux m'offrir toiles et couleurs, je ne fais pas mieux.

Pourquoi ai-je cessé de peindre vers ma vingtième année ? Ce n'est pas l'incompréhension ou le trouble éprouvés devant la « peinture moderne », la certitude de ne jamais pouvoir me convertir à l'abstraction qui me découragèrent. Je n'avais aucune connaissance des écoles nouvelles. Je crois bien que j'ignorais tout du cubisme, du surréalisme, alors en vogue... Je n'avais visité aucun musée, n'avais vu que de rares reproductions d'œuvres célèbres. C'est sans doute pour des raisons moins nobles que j'abandonnai mes pinceaux : la difficulté de vaincre les problèmes matériels qui se posent à tout artiste : où entreposer boîtes de couleurs, toiles, chevalet... Où trouver le temps nécessaire à consacrer à l'art, temps pris sur celui des études, puisqu'il faut poursuivre celles-ci et passer des examens. Pour qui éprouve une vocation irrésistible, ces difficultés ne comptent pas. Cézanne a fait du droit pour obéir à son père : cela ne l'a pas empêché de peindre ! J'étais prisonnier de l'idée que je m'étais faite de mon avenir. Il était hors de question que je devienne un rapin ! Un conseil, un encouragement m'ont-ils manqué ? Il s'en faut parfois de si peu pour orienter une destinée. Et celle dont j'avais rêvé, de toute façon, ne s'est pas réalisée.

Dans une vie assez vagabonde, du moins dans sa première moitié, il eût été plus facile de peindre à l'aquarelle. Pendant la « drôle de guerre », dans le village des Alpes où je cantonnais, j'ai peint trois ou quatre aquarelles, c'est donc que j'avais emporté ma boîte dans ma cantine. Rien ne m'empêchait de peindre et de dessiner davantage. Mais le temps que me laissait le service, je le consacrais à lire et commençais à écrire. Écrire est encore matériellement plus facile que peindre et dessiner (et c'est pour moi, je l'ai dit, la même chose). Il suffit d'avoir sous la main un cahier d'écolier, un stylo et de l'encre. Personne ne vient regarder par-dessus votre épaule ce que vous faites. Vous pouvez raturer, recommencer, trois fois, dix fois, copier et recopier. Je trouve admirable ce conseil que donnait Alain au jeune André Maurois qui s'efforçait d'écrire : copier une page d'un roman de Stendhal. J'aurais dû copier les grands maîtres de la peinture, comme tout débutant doit apprendre à le faire. Mais Venise n'est-elle pas pour moi cet atelier d'un maître, qui m'a fait défaut ?

Le talent court les rues. C'est le travail qui compte. Si l'on aime peindre, c'est tous les jours, à toute heure du jour et de la nuit, qu'il faut peindre, et pas seulement le dimanche. Si j'avais consacré à la peinture le temps et les efforts que j'ai mis à écrire, je me dis que j'aurais vaincu des difficultés qui se posent encore à moi, trouvé un style. Je ne crois pas à l'amateurisme et je suis resté un amateur. Le regret que j'en ai ne me quitte pas. Et maintenant il est trop tard — *too late* —, il me faudrait une autre vie où je ne ferais que peindre. Dans celle qui s'achève je n'ai fait que lire et écrire.

C'est donc un sentiment d'échec que pourrait me donner Venise, mais la joie que j'éprouve à la retrouver, à en dessiner les images abolit cet échec. La question du « pourquoi », qui ne s'est pas posée à moi pour écrire, ne se pose plus pour peindre : seul le « comment » existe. C'est dans l'application à lui donner une réponse que je trouve mon bonheur. Je peins, donc je suis.

Les écrivains qui ont dessiné et peint sont nombreux. Il y en a d'illustres. J'en connais, parmi mes contemporains, qui ont cessé de le faire : ils avaient pourtant, comme on dit, un « joli talent ». Sans doute ont-ils estimé que celui-ci n'était pas à la hauteur de leurs ambitions ; que la plume qui écrit était plus éloquente que celle qui dessine. Un mot d'Alain m'a apporté justification et encouragement : « On n'a pas de génie parce qu'on a refusé le talent. »

Je vais donc troquer mon stylo contre une plume et un pinceau. S'il est trop tard pour faire mieux, il reste le plaisir de bien faire. Pour la première fois je serai dans la ville au printemps. Peintre du dimanche, tous les jours, à Venise, sont pour moi des dimanches. J'ai retenu une chambre à la *pensione* où j'aime à descendre. Je puiserai mon eau dans la lagune. Venise m'attend.

*16 avril 1995.*
*Juillet 1998.*

# DU MÊME AUTEUR

*Romans*

LE RÉPIT, Albin Michel, 1945

MON ROYAUME POUR UN CHEVAL, Albin Michel, 1949 (Folio n° 1927)

LES NOMADES, Albin Michel, 1951

LE SERVITEUR FIDÈLE, Albin Michel, 1953

LA PRISON MARITIME, Gallimard, 1961, Grand Prix du roman de l'Académie française (Folio n° 408)

LA CAMPAGNE D'ITALIE, Gallimard, 1965 (Folio n° 454)

L'OURS DES ADIRONDACKS, Gallimard, 1969 (Folio n° 2813)

DEUX INDIENNES À PARIS, Gallimard, 1974 (Folio n° 995)

LES MOYENS DU BORD, Gallimard, 1975 (Folio n° 1374)

LA GUERRE CIVILE, Gallimard, 1986 (Folio n° 3100)

LE TÉLÉSIÈGE, Gallimard, 1989 (Folio n° 2338)

UN SOIR, À LONDRES, Gallimard, 1991 (Folio n° 2523)

LES DIMANCHES DE VENISE, Gallimard, 1996.

ON LIQUIDE ET ON S'EN VA, sotie, Gallimard, 1992 (Folio n° 2630)

*Essais*

LES INTELLECTUELS DEVANT LA DÉFAITE DE 1870, Buchet-Chastel, 1942

LE NOUVEAU ROMAN AMÉRICAIN, Gallimard, 1955

L'AIR DU LARGE, Gallimard, 1970. Grand Prix de la Critique littéraire

L'AIR DU LARGE II, Gallimard, 1987

BENJAMIN OU LETTRES SUR L'INCONSTANCE, Gallimard, 1989

MONTHERLANT, « HOMME LIBRE », La Table Ronde, 1989

L'AIR DU TEMPS, Éditions du Rocher, 1991

*Théâtre*

UN JEU D'ENFER, Gallimard, 1970

MONSIEUR L'AMBASSADEUR, Gallimard, 1992

*Récits*

LA MAISON DU PÈRE, Gallimard, 1979 (Folio n° 2196)

VERS L'OUEST, Olivier Orban, 1988 (Folio n° 2196)

*Nouvelles*

L'ÎLE DES FOUS, Rocher, 1999

*Traductions*

LE CAVALIER DE LA NUIT, par R. Penn Warren (Stock)

LA MARCHE DE NUIT, par William Styron (Gallimard)

*Iconographie*

ALBUM FAULKNER, Gallimard, 1995

# COLLECTION FOLIO

*Dernières parutions*

2986. Jean-Philippe Arrou-Vignod — *Le conseil d'indiscipline.*
2987. Julian Barnes — *Metroland.*
2988. Daniel Boulanger — *Caporal supérieur.*
2989. Pierre Bourgeade — *Éros mécanique.*
2990. Louis Calaferte — *Satori.*
2991. Michel Del Castillo — *Mon frère l'Idiot.*
2992. Jonathan Coe — *Testament à l'anglaise.*
2993. Marguerite Duras — *Des journées entières dans les arbres.*
2994. Nathalie Sarraute — *Ici.*
2995. Isaac Bashevis Singer — *Meshugah.*
2996. William Faulkner — *Parabole.*
2997. André Malraux — *Les noyers de l'Altenburg.*
2998. Collectif — *Théologiens et mystiques au Moyen Âge.*
2999. Jean-Jacques Rousseau — *Les Confessions (Livres I à IV).*
3000. Daniel Pennac — *Monsieur Malaussène.*
3001. Louis Aragon — *Le mentir-vrai.*
3002. Boileau-Narcejac — *Schuss.*
3003. LeRoi Jones — *Le peuple du blues.*
3004. Joseph Kessel — *Vent de sable.*
3005. Patrick Modiano — *Du plus loin de l'oubli.*
3006. Daniel Prévost — *Le pont de la Révolte.*
3007. Pascal Quignard — *Rhétorique spéculative.*
3008. Pascal Quignard — *La haine de la musique.*
3009. Laurent de Wilde — *Monk.*
3010. Paul Clément — *Exit.*
3011. Léon Tolstoï — *La Mort d'Ivan Ilitch.*
3012. Pierre Bergounioux — *La mort de Brune.*
3013. Jean-Denis Bredin — *Encore un peu de temps.*
3014. Régis Debray — *Contre Venise.*
3015. Romain Gary — *Charge d'âme.*

| | | |
|---|---|---|
| 3016. | Sylvie Germain | *Éclats de sel.* |
| 3017. | Jean Lacouture | *Une adolescence du siècle : Jacques Rivière et la* N.R.F. |
| 3018. | Richard Millet | *La gloire des Pythre.* |
| 3019. | Raymond Queneau | *Les derniers jours.* |
| 3020. | Mario Vargas Llosa | *Lituma dans les Andes.* |
| 3021. | Pierre Gascar | *Les femmes.* |
| 3022. | Penelope Lively | *La sœur de Cléopâtre.* |
| 3023. | Alexandre Dumas | *Le Vicomte de Bragelonne I.* |
| 3024. | Alexandre Dumas | *Le Vicomte de Bragelonne II.* |
| 3025. | Alexandre Dumas | *Le Vicomte de Bragelonne III.* |
| 3026. | Claude Lanzmann | *Shoah.* |
| 3027. | Julian Barnes | *Lettres de Londres.* |
| 3028. | Thomas Bernhard | *Des arbres à abattre.* |
| 3029. | Hervé Jaouen | *L'allumeuse d'étoiles.* |
| 3030. | Jean d'Ormesson | *Presque rien sur presque tout.* |
| 3031. | Pierre Pelot | *Sous le vent du monde.* |
| 3032. | Hugo Pratt | *Corto Maltese.* |
| 3033. | Jacques Prévert | *Le crime de Monsieur Lange. Les portes de la nuit.* |
| 3034. | René Reouven | *Souvenez-vous de Monte-Cristo.* |
| 3035. | Mary Shelley | *Le dernier homme.* |
| 3036. | Anne Wiazemsky | *Hymnes à l'amour.* |
| 3037. | Rabelais | *Quart livre.* |
| 3038. | François Bon | *L'enterrement.* |
| 3039. | Albert Cohen | *Belle du Seigneur.* |
| 3040. | James Crumley | *Le canard siffleur mexicain.* |
| 3041. | Philippe Delerm | *Sundborn ou les jours de lumière.* |
| 3042. | Shûzaku Endô | *La fille que j'ai abandonnée.* |
| 3043. | Albert French | *Billy.* |
| 3044. | Virgil Gheorghiu | *Les Immortels d'Agapia.* |
| 3045. | Jean Giono | *Manosque-des-Plateaux* suivi de *Poème de l'olive.* |
| 3046. | Philippe Labro | *La traversée.* |
| 3047. | Bernard Pingaud | *Adieu Kafka ou l'imitation.* |
| 3048. | Walter Scott | *Le Cœur du Mid-Lothian.* |
| 3049. | Boileau-Narcejac | *Champ clos.* |
| 3050. | Serge Brussolo | *La maison de l'aigle.* |
| 3052. | Jean-François Deniau | *L'Atlantique est mon désert.* |
| 3053. | Mavis Gallant | *Ciel vert, ciel d'eau.* |

| | | |
|---|---|---|
| 3054. | Mavis Gallant | *Poisson d'avril.* |
| 3056. | Peter Handke | *Bienvenue au conseil d'administration.* |
| 3057. | Anonyme | *Josefine Mutzenbacher. Histoire d'une fille de Vienne racontée par elle-même.* |
| 3059. | Jacques Sternberg | *188 contes à régler.* |
| 3060. | Gérard de Nerval | *Voyage en Orient.* |
| 3061. | René de Ceccatty | *Aimer.* |
| 3062. | Joseph Kessel | *Le tour du malheur I : La fontaine Médicis. L'affaire Bernan.* |
| 3063. | Joseph Kessel | *Le tour du malheur II : Les lauriers-roses. L'homme de plâtre.* |
| 3064. | Pierre Assouline | *Hergé.* |
| 3065. | Marie Darrieussecq | *Truismes.* |
| 3066. | Henri Godard | *Céline scandale.* |
| 3067. | Chester Himes | *Mamie Mason.* |
| 3068. | Jack-Alain Léger | *L'autre Falstaff.* |
| 3070. | Rachid O. | *Plusieurs vies.* |
| 3071. | Ludmila Oulitskaïa | *Sonietchka.* |
| 3072. | Philip Roth | *Le Théâtre de Sabbath.* |
| 3073. | John Steinbeck | *La Coupe d'Or.* |
| 3074. | Michel Tournier | *Éléazar ou La Source et le Buisson.* |
| 3075. | Marguerite Yourcenar | *Un homme obscur — Une belle matinée.* |
| 3076. | Loti | *Mon frère Yves.* |
| 3078. | Jerome Charyn | *La belle ténébreuse de Biélorussie.* |
| 3079. | Harry Crews | *Body.* |
| 3080. | Michel Déon | *Pages grecques.* |
| 3081. | René Depestre | *Le mât de cocagne.* |
| 3082. | Anita Desai | *Où irons-nous cet été ?* |
| 3083. | Jean-Paul Kauffmann | *La chambre noire de Longwood.* |
| 3084. | Arto Paasilinna | *Prisonniers du paradis.* |
| 3086. | Alain Veinstein | *L'accordeur.* |
| 3087. | Jean Maillart | *Le Roman du comte d'Anjou.* |
| 3088. | Jorge Amado | *Navigation de cabotage. Notes pour des mémoires que je n'écrirai jamais.* |

| | | |
|---|---|---|
| 3089. | Alphonse Boudard | *Madame... de Saint-Sulpice.* |
| 3091. | William Faulkner | *Idylle au désert* et autres nouvelles. |
| 3092. | Gilles Leroy | *Les maîtres du monde.* |
| 3093. | Yukio Mishima | *Pèlerinage aux Trois Montagnes.* |
| 3095. | Reiser | *La vie au grand air 3.* |
| 3096. | Reiser | *Les oreilles rouges.* |
| 3097. | Boris Schreiber | *Un silence d'environ une demi-heure I.* |
| 3098. | Boris Schreiber | *Un silence d'environ une demi-heure II.* |
| 3099. | Aragon | *La Semaine Sainte.* |
| 3100. | Michel Mohrt | *La guerre civile.* |
| 3101. | Anonyme | *Don Juan (scénario de Jacques Weber).* |
| 3102. | Maupassant | *Clair de lune* et autres nouvelles. |
| 3103. | Ferdinando Camon | *Jamais vu soleil ni lune.* |
| 3104. | Laurence Cossé | *Le coin du voile.* |
| 3105. | Michel del Castillo | *Le sortilège espagnol.* |
| 3106. | Michel Déon | *La cour des grands.* |
| 3107. | Régine Detambel | *La verrière.* |
| 3108. | Christian Bobin | *La plus que vive.* |
| 3109. | René Frégni | *Tendresse des loups.* |
| 3110. | N. Scott Momaday | *L'enfant des temps oubliés.* |
| 3111. | Henry de Montherlant | *Les garçons.* |
| 3113. | Jerome Charyn | *Il était une fois un droshky.* |
| 3114. | Patrick Drevet | *La micheline.* |
| 3115. | Philippe Forest | *L'enfant éternel.* |
| 3116. | Michel del Castillo | *La tunique d'infamie.* |
| 3117. | Witold Gombrowicz | *Ferdydurke.* |
| 3118. | Witold Gombrowicz | *Bakakaï.* |
| 3119. | Lao She | *Quatre générations sous un même toit.* |
| 3120. | Théodore Monod | *Le chercheur d'absolu.* |
| 3121. | Daniel Pennac | *Monsieur Malaussène au théâtre.* |
| 3122. | J.-B. Pontalis | *Un homme disparaît.* |
| 3123. | Sempé | *Simple question d'équilibre.* |
| 3124. | Isaac Bashevis Singer | *Le Spinoza de la rue du Marché.* |
| 3125. | Chantal Thomas | *Casanova. Un voyage libertin.* |

| | | |
|---|---|---|
| 3126. | Gustave Flaubert | *Correspondance.* |
| 3127. | Sainte-Beuve | *Portraits de femmes.* |
| 3128. | Dostoïevski | *L'Adolescent.* |
| 3129. | Martin Amis | *L'information.* |
| 3130. | Ingmar Bergman | *Fanny et Alexandre.* |
| 3131. | Pietro Citati | *La colombe poignardée.* |
| 3132. | Joseph Conrad | *La flèche d'or.* |
| 3133. | Philippe Sollers | *Vision à New York* |
| 3134. | Daniel Pennac | *Des chrétiens et des Maures.* |
| 3135. | Philippe Djian | *Criminels.* |
| 3136. | Benoît Duteurtre | *Gaieté parisienne.* |
| 3137. | Jean-Christophe Rufin | *L'Abyssin.* |
| 3138. | Peter Handke | *Essai sur la fatigue. Essai sur le juke-box. Essai sur la journée réussie.* |
| 3139. | Naguib Mahfouz | *Vienne la nuit.* |
| 3140. | Milan Kundera | *Jacques et son maître, hommage à Denis Diderot en trois actes.* |
| 3141. | Henry James | *Les ailes de la colombe.* |
| 3142. | Dumas | *Le Comte de Monte-Cristo I.* |
| 3143. | Dumas | *Le Comte de Monte-Cristo II.* |
| 3144. | | *Les Quatre Évangiles.* |
| 3145. | Gogol | *Nouvelles de Pétersbourg.* |
| 3146. | Roberto Benigni et Vicenzo Cerami | *La vie est belle.* |
| 3147 | Joseph Conrad | *Le Frère-de-la-Côte.* |
| 3148. | Louis de Bernières | *La mandoline du capitaine Corelli.* |
| 3149. | Guy Debord | *"Cette mauvaise réputation..."* |
| 3150. | Isadora Duncan | *Ma vie.* |
| 3151. | Hervé Jaouen | *L'adieu aux îles.* |
| 3152. | Paul Morand | *Flèche d'Orient.* |
| 3153. | Jean Rolin | *L'organisation.* |
| 3154. | Annie Ernaux | *La honte.* |
| 3155. | Annie Ernaux | *«Je ne suis pas sortie de ma nuit».* |
| 3156. | Jean d'Ormesson | *Casimir mène la grande vie.* |
| 3157. | Antoine de Saint-Exupéry | *Carnets.* |
| 3158. | Bernhard Schlink | *Le liseur.* |
| 3159. | Serge Brussolo | *Les ombres du jardin.* |

3161. Philippe Meyer — *Le progrès fait rage. Chroniques 1.*
3162. Philippe Meyer — *Le futur ne manque pas d'avenir. Chroniques 2.*
3163. Philippe Meyer — *Du futur faisons table rase. Chroniques 3.*
3164. Ana Novac — *Les beaux jours de ma jeunesse.*
3165. Philippe Soupault — *Profils perdus.*
3166. Philippe Delerm — *Autumn.*
3167. Hugo Pratt — *Cour des mystères.*
3168. Philippe Sollers — *Studio.*
3169 Simone de Beauvoir — *Lettres à Nelson Algren. Un amour transatlantique. 1947-1964.*
3170. Elisabeth Burgos — *Moi, Rigoberta Menchú.*
3171. Collectif — *Une enfance algérienne.*
3172. Peter Handke — *Mon année dans la baie de Personne.*
3173. Marie Nimier — *Celui qui court derrière l'oiseau.*
3175. Jacques Tournier — *La maison déserte.*
3176. Roland Dubillard — *Les nouveaux diablogues.*
3177. Roland Dubillard — *Les diablogues et autres inventions à deux voix.*
3178. Luc Lang — *Voyage sur la ligne d'horizon*
3179. Tonino Benacquista — *Saga.*
3180. Philippe Delerm — *La première gorgée de bière et autres plaisirs minuscules.*
3181. Patrick Modiano — *Dora Bruder.*
3182. Ray Bradbury — *... mais à part ça tout va très bien.*
3184. Patrick Chamoiseau — *L'esclave vieil homme et le molosse.*
3185. Carlos Fuentes — *Diane ou La chasseresse solitaire.*
3186. Régis Jauffret — *Histoire d'amour.*
3187. Pierre Mac Orlan — *Le carrefour des Trois Couteaux.*
3188. Maurice Rheims — *Une mémoire vagabonde.*
3189. Danièle Sallenave — *Viol.*
3190. Charles Dickens — *Les Grandes Espérances.*
3191. Alain Finkielkraut — *Le mécontemporain.*
3192. J.M.G. Le Clézio — *Poisson d'or.*

3193. Bernard Simonay — *La première pyramide, I : La jeunesse de Djoser.*
3194. Bernard Simonay — *La première pyramide, II : La cité sacrée d'Imhotep*
3195. Pierre Autin-Grenier — *Toute une vie bien ratée.*
3196. Jean-Michel Barrault — *Magellan : la terre est ronde.*
3197. Romain Gary — *Tulipe.*
3198. Michèle Gazier — *Sorcières ordinaires.*
3199. Richard Millet — *L'amour des trois sœurs Piale.*
3200. Antoine de Saint-Exupéry — *Le petit prince.*
3201. Jules Verne — *En Magellanie.*
3202. Jules Verne — *Le secret de Wilhelm Storitz.*
3203. Jules Verne — *Le volcan d'or.*
3204. Anonyme — *Le charroi de Nîmes.*
3205. Didier Daeninckx — *Hors limites.*
3206. Alexandre Jardin — *Le Zubial.*
3207. Pascal Jardin — *Le Nain Jaune.*
3208. Patrick McGrath — *L'asile.*
3209. Blaise Cendrars — *Trop c'est trop.*
3210. Jean-Baptiste Evette — *Jordan Fantosme.*
3211. Joyce Carol Oates — *Au commencement était la vie.*
3212. Joyce Carol Oates — *Un amour noir.*
3213. Jean-Yves Tadié — *Marcel Proust I.*
3214. Jean-Yves Tadié — *Marcel Proust II.*
3215. Réjean Ducharme — *L'océantume.*
3216. Thomas Bernhard — *Extinction.*
3217. Balzac — *Eugénie Grandet.*
3218. Zola — *Au Bonheur des Dames.*
3219. Charles Baudelaire — *Les Fleurs du Mal.*
3220. Corneille — *Le Cid.*
3221. Anonyme — *Le Roman de Renart.*
3222. Anonyme — *Fabliaux.*
3223. Hugo — *Les Misérables I.*
3224. Hugo — *Les Misérables II.*
3225. Anonyme — *Tristan et Iseut.*
3226. Balzac — *Le Père Goriot.*
3227. Maupassant — *Bel-Ami.*
3228. Molière — *Le Tartuffe.*
3229. Molière — *Dom Juan.*
3230. Molière — *Les Femmes savantes.*
3231. Molière — *Les Fourberies de Scapin.*

| | |
|---|---|
| 3232. Molière | *Le Médecin malgré lui.* |
| 3233. Molière | *Le Bourgeois gentilhomme.* |
| 3234. Molière | *L'Avare.* |
| 3235. Homère | *Odyssée.* |
| 3236. Racine | *Andromaque.* |
| 3237. La Fontaine | *Fables choisies.* |
| 3238. Perrault | *Contes.* |
| 3239. Daudet | *Lettres de mon moulin.* |
| 3240. Mérimée | *La Vénus d'Ille.* |
| 3241. Maupassant | *Contes de la Bécasse.* |
| 3242. Maupassant | *Le Horla.* |
| 3243. Voltaire | *Candide ou l'Optimisme.* |
| 3244. Voltaire | *Zadig ou la Destinée.* |
| 3245. Flaubert | *Trois Contes.* |
| 3246. Rostand | *Cyrano de Bergerac.* |
| 3247. Maupassant | *La Main gauche.* |
| 3248. Rimbaud | *Poésies.* |
| 3249. Beaumarchais | *Le Mariage de Figaro.* |
| 3250. Maupassant | *Pierre et Jean.* |
| 3251. Maupassant | *Une vie.* |
| 3252. Flaubert | *Bouvart et Pécuchet.* |
| 3253. Jean-Philippe Arrou-Vignod | *L'Homme du cinquième jour.* |
| 3254. Christian Bobin | *La femme à venir.* |
| 3255. Michel Braudeau | *Pérou.* |
| 3256. Joseph Conrad | *Un paria des îles.* |
| 3257. Jerôme Garcin | *Pour Jean Prévost.* |
| 3258. Naguib Mahfouz | *La quête.* |
| 3259. Ian McEwan | *Sous les draps et autres nouvelles.* |
| 3260. Philippe Meyer | *Paris la Grande.* |
| 3261. Patrick Mosconi | *Le chant de la mort.* |
| 3262. Dominique Noguez | *Amour noir.* |
| 3263. Olivier Todd | *Albert Camus, une vie.* |
| 3264. Marc Weitzmann | *Chaos.* |
| 3265. Anonyme | *Aucassin et Nicolette.* |
| 3266. Tchekhov | *La dame au petit chien et autres nouvelles.* |
| 3267. Hector Bianciotti | *Le pas si lent de l'amour.* |
| 3268 Pierre Assouline | *Le dernier des Camondo.* |
| 3269. Raphaël Confiant | *Le meurtre du Samedi-Gloria.* |

| | | |
|---|---|---|
| 3270. | Joseph Conrad | *La Folie Almayer.* |
| 3271. | Catherine Cusset | *Jouir.* |
| 3272. | Marie Darrieussecq | *Naissance des fantômes.* |
| 3273. | Romain Gary | *Europa.* |
| 3274. | Paula Jacques | *Les femmes avec leur amour.* |
| 3275. | Iris Murdoch | *Le chevalier vert.* |
| 3276. | Rachid O. | *L'enfant ébloui.* |
| 3277. | Daniel Pennac | *Messieurs les enfants.* |
| 3278. | John Edgar Wideman | *Suis-je le gardien de mon frère ?* |
| 3279. | François Weyergans | *Le pitre.* |
| 3280. | Pierre Loti | *Le Roman d'un enfant* suivi de *Prime jeunesse.* |
| 3281. | Ovide | *Lettres d'amour.* |
| 3282. | Anonyme | *La Farce de Maître Pathelin.* |
| 3283. | François-Marie Banier | *Sur un air de fête.* |
| 3284. | Jemia et J.M.G. Le Clézio | *Gens des nuages.* |
| 3285. | Julian Barnes | *Outre-Manche.* |
| 3286. | Saul Bellow | *Une affinité véritable.* |
| 3287. | Emmanuèle Bernheim | *Vendredi soir.* |
| 3288. | Daniel Boulanger | *Le retable Wasserfall.* |
| 3289. | Bernard Comment | *L'ombre de mémoire.* |
| 3290. | Didier Daeninckx | *Cannibale.* |
| 3291. | Orhan Pamuk | *Le château blanc.* |
| 3292. | Pascal Quignard | *Vie secrète.* |
| 3293. | Dominique Rolin | *La Rénovation.* |
| 3294. | Nathalie Sarraute. | *Ouvrez.* |
| 3295. | Daniel Zimmermann | *Le dixième cercle.* |
| 3296. | Zola | *Rome.* |
| 3297. | Maupassant | *Boule de suif.* |
| 3298. | Balzac | *Le Colonel Chabert.* |
| 3300. | Molière | *Le Malade imaginaire.* |
| 3301. | Sand | *La Mare au diable.* |
| 3302. | Zola | *La Curée.* |
| 3303. | Zola | *L'Assommoir.* |
| 3304. | Zola | *Germinal.* |
| 3305. | Sempé | *Raoul Taburin.* |
| 3306. | Sempé | *Les musiciens.* |

*Composition Nord Compo.*
*Impression Bussière à Saint-Amand (Cher),*
*le 20 janvier 2000.*
*Dépôt légal : janvier 2000.*
*1[er] dépôt légal dans la collection : mai 1999.*
*Numéro d'imprimeur : 265.*
ISBN 2-07-040477-3./Imprimé en France.

94962